那山，那水

何建明　著

作家出版社

图书在版编目（CIP）数据

那山，那水 / 何建明著 . -- 北京：作家出版社，2022.1
（人民文学头条：全7册）
ISBN 978 - 7 - 5212 - 1475 - 8

Ⅰ.①那… Ⅱ.①何… Ⅲ.①报告文学 – 中国 – 当代
Ⅳ.①I125

中国版本图书馆 CIP 数据核字（2021）第 127632 号

那山，那水

作　　者：何建明
责任编辑：田小爽
装帧设计：留白文化
出版发行：作家出版社有限公司
社　　址：北京农展馆南里 10 号　　邮　　编：100125
电话传真：86 – 10 – 65067186（发行中心及邮购部）
　　　　　86 – 10 – 65004079（总编室）
E – mail: zuojia@zuojia. net. cn
http: // www.zuojiachubanshe.com
印　　刷：三河市紫恒印装有限公司
成品尺寸：145 × 210
字　　数：106 千
印　　张：6
版　　次：2022 年 1 月第 1 版
印　　次：2022 年 1 月第 1 次印刷
ISBN 978 – 7 – 5212 – 1475 – 8
定　　价：188.00 元（全 7 册）

目 录

写在前面

巍巍华夏，万里江山，锦绣如画，浩荡五千年。从群雄并起、争霸天下的远古至近百年间，英才豪杰誓为改变民族落后愚昧贫困而前仆后继。但，唯有一代又一代中国共产党人，怀揣共产主义信仰，为贫苦百姓谋求翻身幸福而浴血奋斗，以"敢教日月换新天"之气概和谋略，终让江山寰宇昭辉，带领中华民族从积贫积弱，跃至今天谁都不敢藐视和轻蔑的伟大时代。而在此过程中，有三个重要的历史时刻值得我们去总结与思考，去书写与传扬——

1927 年，对于中国共产党人来说，是革命的转折关头。城市暴动屡遭挫败：南昌起义受到重创；秋收起义被迫放弃攻打长沙，武装力量陷入了极度危险的境地，到了"朱毛"会师井冈山时，仅剩几千号人……

在茨坪小村清淡的月光下，毛泽东苦思冥想着中国革命的出路究竟在哪里。鸡鸣嘶破晨曦，毛泽东写下一行遒劲有力的大字：农村包围城市，武装夺取政权！从此，他和中国共产党人带领自己的武装，沿着这一方向，用二十余年的时间，彻底推翻了压在四万万劳苦大众头上的三座大山，缔造了中华人民共和国。

1978 年的一个夜晚，在安徽凤阳小岗村，一群不甘忍受饥饿的农民，以"歃血为盟"的形式，在一份分田到户的农民"草根宣言书"上"画押"……

北京，某高层会议。邓小平轻轻吐出一口烟。他目光坚定，一语定乾坤：对分田到户，有的同志担心，这样搞会不会影响集体经济。我看这种担心是不必要的！之后的中国，我们这一代人经历了改革开放，亿万人民从此走向了全面建设小康社会的无比精彩和令人骄傲的时代。

历史在继续前行。中国人民在马克思主义、毛泽东思想、邓小平理论、"三个代表"重要思想和科学发展观指导下，持续摸索着生活富裕、国力强盛之路。

2005 年 8 月 15 日，浙北一个小山村的干部们正在对本村前些年毅然关掉矿山、还乡村绿水青山的做法进行讨论，因为村级经济与百姓收入出现了下滑，他们将向前来调研的省委书记作汇报。

那一刻，炎热、狭小的村委会小会议室里，气氛显得有些不安。在全中国上上下下早已习惯把 GDP 作为判定一切工作好坏标准的时期，有谁敢冒"不求发展"之罪名，去呵护身边的一草一木、一水一山？我们到底该走怎样的发展道路，发展到底又是为了什么？寻求这些答案的，何止是这个叫"余村"的小山村干部。整个浙北、整个浙江，甚至是整个中国的人们都在等待一个答案。村、乡、县，还有一起来的省直机关干部，以及他们身后的千千万万人民，他们都在等待，等待一个声音，等待一个方向，等待一个时代……

他——习近平，时任浙江省委书记。这一天他穿着白色短袖衬衫，冒着高温，一大早就从省城出发，辗转至安吉。在连续走访数个乡镇后，马不停蹄，迎着滚滚热浪，在下午 4 时左右到达余村。

村委会小会议室。在听取汇报时，习近平看出了余村干部们眼中的忧虑，于是他面带笑容但果断明了地说："你们讲到下决心停掉一些矿山，这个就是高明之举。我们过去讲既要绿水青山，又要金山银山，其实绿水青山就是金山银山。"这时，余村干部的眼神里透出了光芒，习近平则语气更加温和地谆谆教导："要坚定不移地走这条路，有所得有所失。在熊掌和鱼不可兼得的时候，要知道放弃，要知道选择。"

从那一天起，余村便沿着"绿水青山就是金山银山"这一思想所指引的道路，开始了全新的发展。仅仅十二年时间，余村从山到水、从空气到百姓的生活，再到每一颗人心，都发生了翻天覆地的变化——每一寸土地更加金贵，每一滴水更加清纯，每一个人更加快乐幸福。村庄美若仙境，人心向善向美，到处生机勃勃，真正成为了人和自然和谐共处的村庄。

在习近平当年高瞻远瞩的"绿水青山就是金山银山"思想引领下，整个安吉、整个浙江大地已建成了百个千个像余村甚至比余村更美、更富有的村庄。如今，它们正以自己各具特色的美丽、和谐、文明和现代，装点着一个伟大而全新的时代……

堪比小岗村的划时代意义

人类的发展史上，总有些看似不起眼的小浪花，却在酝酿着一场场波澜壮阔、翻江倒海的大潮，让人们无法忘却，并成为一个时代的标志。

轰隆——

随着几阵震天动地的爆炸声，又一个山头上的一片岩石突然崩裂开来，大大小小的石块如巨浪般从半山腰倾泻而下……就在此刻，谁也不曾想到，一处并不在爆破眼上的岩石，竟然跟着崩裂开来，并随即滚落下来。

"快躲开——"工地上的工友见状不妙，向几位躲藏在原本属于安全地带的工友喊起来，然而为时已晚——那位没有来得及躲闪甚至根本就不曾想到"飞石"会瞬间结束自己生命的年轻人，连"吱"一声的机会都没有，就已粉身碎骨……

"死人啦——"

"矿山又死人啦——"

伴着弥漫的硝烟与呛鼻的尘埃，群山深谷间传出的几声急促而恐怖的呼喊，犹如警钟敲醒了整个余村。惊恐万分的人们纷纷向矿山奔去，那慌乱的脚步声中，有女人痛心的哭泣声，有男人堵心的喘气声，还有老人和孩子撕心裂肺的呼喊声……

终于，有人在一具血染石岩、肉烂成团的尸体前发出撕心裂肺的哀号："我的儿啊——"

那一刻，死者的母亲倒下了。

那一刻，死者的父亲跪在地上木呆了。

那一刻，村支书也来了，两眼看着眼前的一切，彻底傻了。

"都是你们害死的呀！"突然，死者的父亲从地上跃起，如暴怒的猛虎，扑向村支书，然后抡起拳头就朝对方头上砸去，谁也劝不住。

村支书被打得鼻青脸肿，那死者的父亲依然不依不饶，决意要拼个你死我活。

受屈的村支书，无可奈何地仰天大叫："这是怎么啦？"

"怎么啦——"

"怎么啦——"

一声声悲怆绝望的追问在山谷间回荡，震撼了天与地，以及小山村人的一颗颗心……

这是二十世纪九十年代末的余村的某一天。

这一天在余村老支书潘德贤的心里烙下了不可磨灭的印记。事后，村党支部和村委会立即召开干部会议，大家讨论的题目是：到底是继续开矿，还是马上关矿？

"人都死了，还不关啊？"有人说。

"又不是头一回死人。关了就不死人了？我看照样会死人！"也有人说。

"矿都关了怎么还会死人？"

"没钱了，还不饿死人吗？"

"你！你怎么能这样说话？"有人火了。

"不这样说怎么说？你轻飘飘一句话说关矿，可全村人吃什么、用什么，钱从哪儿来呀！"

"那也不能用命去换嘛！"

"不用命换还能用啥？就我们余村那一亩三分地？"

"你到底还是不是人呀，怎么这样说话？"有人真的火了。

"我不是人你是人？不这么说又咋说？"这边的人更火了。

"你！"愤怒的人站起来，捏紧了拳头。

"你敢！"另一个拳头捏得更紧。

　　"吵！吵什么你们！"潘德贤实在看不下去了，大吼一声，"都不要废话了，现在你们给我表个态：到底关矿还是继续开矿！"

　　"关！"

　　"开！"

　　"表决！"面对争持不下的场面，老支书潘德贤一巴掌把桌子拍得四条腿都在摇晃。

　　最后结果，出人意料：一半同意关，一半同意继续开。

　　"就按大家的意思办！"潘德贤一掌定音，"眼前的这些矿，不能全关，也不能全开……"

　　那天，现任余村党支部书记潘文革在给我讲完上面这件往事后，又突然双眼憋得通红，竟一时说不出话来，过了一会儿才说：

　　"那个时候，矿上死人的事不是一起两起。我的一个堂妹夫，平时总在我面前亮他的肌肉，说他力气大，矿上没几个人能跟他比的，可突然有一天他也被压死了……多年轻的人啊，留下家里一堆人怎么办？"

　　潘文革泪汪汪地看着我们。半晌才缓过情绪的他，继续说："那时我们余村，开矿是为了想让大家富。关矿，是不想让一个个悲剧再继续发生。但关了矿到底靠啥来致富，又是一个问题。"

　　不知何因，余村支书潘文革掩面泪诉往事的一幕，在我脑海里牵出了另一个写入中国改革开放史的村庄——小岗村，以及近四十年前小岗村的那个不平静的夜晚——

那是 1978 年年末的一个夜晚。

按照农家人的习惯，新年来临，家家户户又将喜庆过年。但在安徽凤阳这个叫小岗村的村庄里，没有丝毫的过年喜色，反倒更显悲凉：女人和孩子，不是忙着换新衣、扎灯笼，而是抹着眼泪，告别亲人，再次踏上飘雪的乞讨之路……

"不能让我们的女人和孩子再受那份罪了！把队里的地分了！分给各家各户种！"

"对，也只有这条出路了！我同意！"

"我也同意！"

一间极其破落的农舍内，几个村干部和农民代表聚集在一盏煤油灯下，他们以低沉的声音表达着各自的立场，最后以"歃血为盟"的形式，用朱红的手印，"画押"了一份"分田到户"的"农民宣言"。

秘密"画押"的"农民宣言"在第二天就开始实施。而谁也不会想到，就是这样一份由几个农民搞出来的东西，却参与了一个伟大国家、一个伟大民族的一场惊天动地的历史变革。这场惊天动地的伟大变革，就是现在我们所经历的近四十年的中国改革开放，这场变革影响了今日中国甚至一个全新的世界格局的形成!

小岗村农民"宣言"之后的一个月,北京召开了中国共产党十一届三中全会,"改革开放"4个字首次出现在中国的报纸、广播和人们的口头上,并从此成为中华民族新的历史时期的标志性口号。

小岗人的那份"农民宣言"后来成为了中国革命历史博物馆GB54563馆藏品,他们的故事被写入了中共党史。

当年小岗村的带头人严宏昌他们说,小岗村能有今天,主要靠的是邓小平,是这位改革开放的总设计师给了小岗人"定心丸"。1980年5月31日,邓小平同志在一次重要讲话中,语气极其严肃且毫不含糊地说:"'凤阳花鼓'中唱的那个凤阳县,绝大多数生产队搞了大包干,也是一年翻身,改变面貌。有的同志担心,这样搞会不会影响集体经济。我看这种担心是不必要的。"

若干年后,小岗村民们把邓小平的这句话镌刻在大理石上,高高地竖在村头。

"小岗村事件"预示着邓小平指引的中国改革开放时代的启航,它将中华民族推进了一个崭新的历史时期……

我到浙北安吉县余村时,正好是2017年的春天。那天早晨,我站在村口,被一块巨石上镌刻的一行苍劲有力的红字所吸引:

绿水青山就是金山银山。

村民们告诉我，这行鲜红如霞的大字，是习近平同志 2005 年 8 月 15 日视察余村时讲的话。

十几年过去了，时任浙江省委书记的习近平的这句话，犹如一盏引路的明灯，照耀着余村人前行的步履，让这个山村以及山村所在的安吉大地，变成了"中国最美乡村"和第一个获得联合国最佳人居奖的县份。

何谓最美乡村？何谓最佳人居？

——余村便是。

美，对人而言，自然是赏心悦目。你瞧那三面群山环抱的远处，皆是翠竹绿林，如一道秀丽壮美的屏障，将余村紧紧地呵护在自己的胸膛间；从那忽隐忽现的悬崖与山的褶皱里流淌出的一条条清泉，似银带般织绕在绿林翠竹之间，显得格外醒目；近处，是一棵棵散落在村庄各个角落的大大小小的银杏树，它们有的已经千岁百寿，却依然新枝勃发、绿意盎然，犹如一个个忠诚的卫士，永远守护着小山村的每一个夜晚和每一个白昼；村庄的那条宽阔的主干道，干干净净，仿佛永远不会留下乱飞的纸屑和其他垃圾；左侧是丰盈多彩的良田，茶园、菜地和花圃连成一片，那金黄色的油菜花，仿佛会将你拖入画中；簇生于民宅前后的新竹，前拥后挤，令人陶醉。村庄整洁美观，传统里透着几分时尚。每一条小巷，幽静而富有情趣，即使一辆辆小车驶过，也如优雅的少妇飘然而去；每条路边与各个农家院庭门口，总有些叫不出名的鲜艳的小花儿，站在那儿向你招手致意……

人是余村最生动、最有内容也最感人的一景。看不到一个年轻人在村庄里游荡，因为他们的身影或是藏在农家乐的阵阵笑声里，或是在"创意小楼"的电脑与网络间，或是在山涧竹林的小路上。穿着靓丽衣服的孩子们，每天都像一队队刚出巢的小鸟，欢快的歌声与跳跃的身姿伴着他们走在上学与放学的时光里。老人是余村最常见的风景线：他们或三三两两地在一起欢快地聊着过去的余村，或独自或成群地聚在一起吹拉弹唱，无拘无束地表演着自己的"拿手戏"；那些闲不住、爱管事的长者，则佩戴着袖章，肩挎着竹筐，像训练有素的人民警察和城管人员，时刻提防着每一片垃圾的出现和每一个不文明行为的发生。他们的笑脸和自己动手的点点滴滴，倘若你遇见，定会感到如沐春风、如浴阳光……

余村的美，既有陶渊明式的世外桃源之美，更有新西兰哈比人村的那种大自然与现代文明融为一体的美。来之后，你有一种不想再走的感觉；走之后，你的神思里总仿佛有一幅"余村图"时不时地跳出来招惹你。

这，就是今天的余村。

　　而我知道，2005 年 3 月之前的余村，其实不仅不美，且可能是全国最差的山村之一。它的差并非因为贫困，而是环境的极度污染和生态的严重破坏。

　　村民们回忆说：那时我们靠山吃山，开矿挣钱，结果开山炸死人、石头压死人的事经常发生。被炸死和被石头压死的人，连整尸都没有。活着的人，整天生活在漫天笼罩的石灰与烟雾当中，出门要系毛巾，口罩根本不顶用。家里的门窗玻璃要几层，即使这样，一天还要扫地擦桌两三回……

　　"余村的'绿水青山'之路，可不是那么容易走过来的，是经历了风风雨雨和不断认识的曲折过程。"二十年前，在镇旅游办主任位置上捧着铁饭碗的潘文革回忆起余村新中国成立以来的发展史，如此感慨道。

　　"小的时候，我看着俞万兴、陈其新第一代村干部，为了让村上富起来，他们虽没有多少文化，但苦干、好学的劲头，实在值得今天我们这些人学习。余村的开矿是有历史的，古时就有。到了改革开放年代，别看老书记、老村长他们文化不高，但为百姓致富的思想一点不落后、不守旧。丢下锄头镰刀上山开矿是他们那代人最早的决策。老村长陈其新不识几个字，但为了学知识、学做生意，他口袋里一直揣着两样东西：圆珠笔、小本本，见啥都要记下。村上最早的幸福感是在他们这一代领导带领下创造的。

第二代的潘领元、赵万芳、陈长法和潘德贤等村干部，更是开拓致富的领路人。开矿、建水泥厂，村里一年收入达一两百万元就是在这些人手上实现的。那个时候，村上一次次被镇上、县上评为全镇、全县的'首富村'，我们余村人从那个年代开始脸上有了荣誉感的光彩。但也就在那个时候，村上一方面不断在外面获得这荣誉、那奖状，另一方面，百姓的抱怨也随之而来。尤其是一次次村民的惨死场面、一个个百姓病逝的悲痛情景，太多、太痛地刺伤了大家的心。所以，从二十世纪九十年代末开始，以潘贤德为代表的村干部们，开始反省，作出关矿、关厂，恢复绿水青山的决策。但习惯了靠山吃山的余村哪那么容易在关矿、停厂后就有金饭碗可捧？这样停停关关、关一开一、开一停二的日子持续了好一段时间。我回村工作的过程就是一个说明……"潘文革说，他作为杭州商学院的委培生毕业后，正在镇党政办工作岗位上干得来劲的时候，当时的余村支书潘德贤就一次次来找他，动员其回村主抓旅游开发。

"我好不容易从'泥腿子'成了'穿皮鞋的'镇干部，再回村里去湿脚呀？"潘文革笑笑，然后摇头。

"湿湿脚有啥不好！接地气，还长寿呢！"老支书说。

"就我们村？到处乌烟瘴气、山崩地裂，还长啥寿！"潘文革嘲讽道。

　　老支书的脸阴了，难看了好一会儿。然后抬起头，两眼紧紧盯着年华正好的潘文革，一字一句道："我来找你，就是觉得我们余村再不能靠开矿、办水泥厂过日子了，那会把全村的山和水，还有地，全给毁了，早晚也会把全村人都害死的，所以得改变开矿过日子的老路子了……"

　　"那干啥？"

　　"旅游。"

　　"村上办旅游？"

　　"是。为啥不能？"老支书很犟，"人家城里人爱看好山好水，我们有山有水，为啥不能搞旅游？"

　　"这个……"潘文革有些犹豫，"旅游可不是个简单的事，得有好环境和好景点，最主要的是要有一批专业管理的人。"

　　"我已经寻思过了，环境和景点，我们余村不缺好山好水，就是现在被开矿办厂弄坏了，石灰窑和厂子下一步准备要关掉一些。说到旅游管理人才嘛，我心里早有底了。"说到这儿，老支书狡黠地朝潘文革挤挤眼，"你不是镇上抓旅游工作的干部吗？你是最合适的人，又是我们余村人，除了你还有谁比你更合适呢？"

　　"我……"

　　"你啥？我看你只要记住一句话：我是余村人，我就该想法不让自己村上的人受苦受难，要让他们舒服起来，开开心心过好日子!"

"那时,我就是中了老支书的激将法,回到了村里。"潘文革面对美丽如画的今日家乡,百感交集道,"二十年了,余村的变化,真的饱含了一代又一代人的努力与梦想,其间的曲曲折折、坎坎坷坷,一任任村干部都有刻骨铭心的记忆……"

"活着就要做个像样的人,死了也要吸口干干净净的空气,还我们一个健健康康的身体,给子孙后代留个美丽家园,这比啥都强。"2005 年 3 月,新任村支书鲍新民和村委会主任胡加仁,就是怀着这样的强烈愿望,从前任支书刘忠华一班人的手中接过了接力棒。他们带着新班子全体成员,站在村南的那座名曰"青山"却没有一片绿叶的山前,以壮士断腕之气概,向村民们庄严宣布:从此关闭全村所有矿山企业,彻底停止"靠山吃山"做法,调整发展模式,还小村绿水青山!

"其实那个时候我们作出这样的决定,非常不容易。"那天访问已经退休在家的前任老支书鲍新民时,他这样说。

现年六十周岁的鲍新民,2011 年离开村干部岗位,调到余村所在的天荒坪镇"农整办"工作。在余村同样当了二十年干部的他,其间曾做了一任支委、一届村委会主任、两届村支书。这是个言语很少的实干型农村干部,经历了余村两个不同的富裕年代。"现在我们余村是真富,是百姓心里舒畅和生活幸福美满的富。过去余村在安吉全县也是首富村，可那时的富不是真富，其实大家心里都很痛……"鲍新民说。

1992年，三十六岁的鲍新民被老支书俞万兴看中，向新一届村委会推荐为村支部委员。俞万兴是1952年入党的农村老革命，"改天换地""让庄稼人过好日子"，一直是这位老支书的心愿。但在"农业学大寨"的岁月里，俞万兴、陈其新等村干部带领余村人没日没夜地扒竹林、种水稻，却从没让村里人真正富裕过。后来听说太湖对岸的苏州乡镇企业搞得好，尤其是华西村兴建的"工业"，干部们商量说，广东、苏州包括浙江萧山在内的所有富裕的村庄，都走了一条亦工亦农的道路。我们余村是山区，交通没有别人方便，但余村历史上有过铜矿银矿的开采历史，山里藏着宝贝疙瘩哩！"要想富，就挖矿"，我们也来试试咋样？

"行啊，只要能富，掘地翻山，怎么都行！"从未富裕过的余村人，太渴望也过上那些已经住上楼房、有电视看的农民兄弟姐妹的生活了！

"我当村干部之前，几任村干部已经带领村上人挖山开矿好多年。我最早是石灰窑矿的拖拉机手，就是把炸开的石头拉到窑上，再把烧成的石灰拖出山卖给客户。靠这样一点一滴地开山卖石灰，我们余村人慢慢地也有了钱，村干部出去开会也能偶尔从口袋里掏出一包中华烟馋馋其他村的干部了。"一直低着头说话的鲍新民，说到这儿默默地一笑。他接着说："我开始当村长的时候，赶上了全国都在风风火火搞经济、各行各业都在争取大发展的时期。那个时候，在我们农村谁能把集体经济搞上去，谁就是好样的，先是'十万元村'，再后来是'百万元村'。到九十年代中后期，像苏州、广东，包括我们浙江萧山等地方已经有'千万元村''亿元村'了！那时电视、报纸上几乎天天都在高喊让我们学习、赶超他们。可安吉穷啊，出不了'千万元村''亿元村'，靠挖石头卖石头能年收入达到一两百万元的我们余村，成了安吉县的富裕村——首富村。那份荣誉确实也让余村露脸了许多年……"

余村人至今仍然怀念俞万兴、陈其新和后来的潘领元、赵万芳、陈长法、潘德贤等老一代村干部。因为是在他们手上，余村村民才第一次喝上了自来水，才有了安吉县第一个"电视村""电话村"等让外村人眼红的许多"第一"。

然而，地处绿水青山的安吉腹地的余村，靠挖矿致富的路也引发了当地其他乡村的不同看法，尤其是后来余村的集体经济收入一直在 200 万元左右的水平上徘徊了好几年。当时安吉县委力排众议、顶住压力，在全国率先提出"生态立县"的主张后，余村的发展思路开始从单一的开山挖矿致富，转向开发旅游资源、走绿色生态发展的路子。

　　以当时的县委书记戚才祥为班长的安吉县委，对老典型余村的发展给予了建设生态村庄方面的支持，请来专家为余村设计了一个结合山区特点、因地制宜发展生态旅游的《余村村庄规划》。2000年7月5日，安吉县委还在余村召开了"首个生态型山区村庄"建设研讨会。"其实，当时戚才祥书记提出'生态立县'的口号时，他和县委压力非常大。戚书记到上面开会，有领导就当面责问他：安吉GDP倒数第一，你提生态立县能当饭吃吗？在这种情况下，县委也想通过余村这个老典型，在生态立县、立乡、立村上有所突破……"安吉县和浙江省的多位老干部都曾这样对我说：其实"生态立县""生态立省"，这条道路并没有像现在大家所看到的那么平坦、那么平常，甚至可以说，它从一开始就非常艰难，因为它关系到我们要从走了几十年的传统发展道路上，转到一条全新的发展思路上。

　　有的地方政府太求GDP，而百姓则不愿再走"有毒的致富之路"。

　　"老实说，世纪之交的那些年里，我们真不知抬腿往哪条发展路上走。作报告，计成绩，离不开GDP。但到下面一走，看看儿时那些碧绿清澈的河水，怎么就成墨水河了？"嘉兴市一位老领导感叹道。

　　"所以，有人说习近平同志的'绿水青山就是金山银山'的理论是当代中国马克思主义发展理论的重要创新成果，是全面建成小康社会的重要指引。"社科界的专家这样说。

这样的认识，这样的理解，在安吉，在浙江，要比其他地方、其他人早了几年、十几年……这是因为他们在十几年前就有了一个人民的好书记。

人民始终会记着：

——毛泽东帮助他们推翻了压在头上的三座大山，穷苦人翻身做了主人；

——邓小平的"发展是硬道理"，领着他们解决了吃饭问题，过上了奔小康的生活；

——党以马克思主义、毛泽东思想、邓小平理论、"三个代表"重要思想和科学发展观为指导，带领全国老百姓持续奋斗，国力增强，生活进入新天地的历程；

——习近平的"绿水青山就是金山银山"等一系列重要思想，给他们带来了全面实现小康的幸福家园，在他的领导下，站起来、富起来的中国人，阔步行进在伟大民族复兴的强国之路上……

马克思曾经说过，革命的领袖是在革命的伟大实践中诞生的。一代代中国共产党的杰出领袖，就是这样在一个个不同时期的伟大实践中产生的。

"绿水青山就是金山银山"这一社会新发展理念，再次证实了马克思的英明论断。

　　世纪之交的浙江大地，当时正发生着两种完全不同的发展思路和发展形态：一种是继续以破坏生态为代价的所谓"高速经济"，它的"亮点"是可以在"百强县""亿元乡"的名单上登榜；另一种是寻找新的出路，将生态经济作为未来发展的方向。两种思路、两种作为，冲突很大。

　　那些年，不少地区，许多企业同样不顾一切地在追求GDP而不惜破坏生态，破坏自然和祖宗留下的绿水青山，致使群山秃皮无林，江河死鱼泛滥。

　　区区余村，恰逢在这样的环境下，能不能顶住压力，其实是一场需要勇气和智慧的生死抉择。"我是2004年底刚刚接替村支书的职务。那时村上的几个污染严重的石灰窑先后关了，连水泥厂也在考虑关停。从环境讲，确实因为关停了这些窑厂后大有改观，山也开始变绿了，水也开始变清了，但村集体的经济收入也降到了最低点，由过去的二三百万元，降到了二三十万元……这么点钱，交掉这个费、那个税，别说再给百姓办好事，就连村干部的工资都发不起了。过惯了富日子的村民们开始议论纷纷，甚至有人当面指着我的鼻子骂骂咧咧，说：你们又关矿又封山，是想让我们出去讨饭当乞丐啊？有好几次，我站在村口的那棵老银杏树前，瞅着它发新芽的嫩枝，默默问老银杏：你说我们余村的路到底怎么走啊？可老银杏树并不回答我。那些日子，我真的愁得不行，做事也犹豫不决……"鲍新民的内心其实丰富细腻，其心灵闸门一旦打开，情感便如潮水般喷涌而出——

"余村真正开始关窑转产是从那年国家的'零点行动'开始的，那时我担任村长，几乎所有难事都要亲自去处理。可以说，关个窑、停个厂，远比开窑办厂复杂得多！"鲍新民理理头上的银丝，苦笑道，"这些白发都是在那个时候长出来的。"

鲍新民说的是实话。余村从粗放型经济，转向"绿水青山"生态经济发展之路，其实经历的是一个痛苦过程。

"记得村上开干部会，讨论关石灰窑时，一半以上的干部思想拐不过弯来。他们说，关窑停厂容易，但关了窑、停了厂，村里的收入从哪儿来？老百姓更不干，你问为啥？简单啊，老百姓问我：你把窑、矿、厂关了，我们上哪儿挣工资？你村长还发不发一个月两三千块钱呀？我回答不上来。村民说，你既然回答不上来，窑还应该开，矿还应该办，工厂更不能关。我就解释，这些企业污染太大，把山整秃了，把水弄脏了，人还患上病了。村民就跟我斗嘴，说你村长讲得对啊，我们也不想这样活，但还有啥路子可走？都出去打工，家里的事谁管？留在家里，就得有口饭吃，还要养家糊口，你停了厂关了窑，也是让我们等死。跟开窑开厂等着被毒死差不多嘛！听村民说这些话，我心里真的很苦。

更有甚者，村里许多村民的拖拉机是刚刚买的，一部拖拉机少说也得三五万元，他们是倾尽了能力买的'吃饭工具'，本来是想到矿上窑上拉活挣钱的，现在我们把矿窑和工厂停了，不等于要他们的命嘛！"说到这里，老支书鲍新民连连摇头，然后长叹一声道，"当时真有几个小年轻，他们闹到我家里，指着我的鼻尖骂：你村长敢绝我活路，我就敢先断你子孙！当时的矛盾确实很尖锐。根本的问题还不在这里，对我们村干部来说，最要命的还是关了窑、关了矿、停了厂，村上的经济收入一下子就几十万几十万地往下降，这一降，全村原来开门做的一些事就转不动了，这是真要命啊！所以，我们余村当初关矿停厂的思想转变也不是一下子通的，前后用了六七年，可以说是关关停停、犹犹豫豫了好一段时间……"

从二十世纪末的国家"零点行动"，至 2004 年 8 月，余村的 5 座石灰窑及规模比较大的化工厂和水泥厂才全部关停，而关停也是先由小再到大慢慢完成的。"之所以这么做，就是大家一方面感觉，再不能以牺牲绿水青山和百姓的健康，来换取所谓的致富和壮大集体经济了；另一方面又对绿的水、青的山能不能真正让百姓富起来缺乏信心。"鲍新民说。

春去夏至，江南大地到处绿意盎然，鸟语花香。正当鲍新民和余村处在犹豫不决的十字路口时，习近平来到了这个小山村。

"我是头一回见习书记那么大的领导,当时心里蛮紧张的。本来习书记是来检查研究我们的民主法治村建设情况的,我从村长转任支书才几个月,也没有啥准备,本来嘴就笨,所以等镇上的韩书记汇报完后,我就开始讲村里关掉石灰窑、水泥厂和化工厂后准备搞旅游的事。习书记听后便问我开水泥厂和化工厂一年收入有多少,我说好的时候几百万元。他又问我为什么要关掉。我说污染太严重。我们余村是在一条溪流的上游,从厂矿排出的污水带给下游的村庄和百姓非常大的危害,而且我们余村自己这些年由于挖矿烧石灰,长年灰尘笼罩、乌烟瘴气,大家都像生活在有毒的牢笼里似的,即使口袋里有几个钱,也都送到医院去了。习书记听后便明了果断地告诉我们:你们关矿停厂,是高明之举!听到习书记这样评价我们余村的做法,我的心头豁然开朗,很感动!他可是大领导啊!他的话表扬和肯定了我们过去关矿封山、还乡村绿水青山的做法是正确的,尤其是听他接下去说的'绿水青山就是金山银山'时,我过去脑子里留下的许多顾虑和犹豫,这下子全都烟消云散了!"时隔多年,余村老支书说到此处,仍然激动得连拍三下大腿,站了起来。

令鲍新民永远难忘的是,那天习近平书记在那间狭小的村委会的小会议室里,不顾闷热,帮助他和其他干部分析"生态经济"为什么是余村这样的地方的必由之路和充满前景的发展道路。鲍新民回忆说："那天习书记在我们余村前后停留了近两个小时，有一半时间是在给我们几个村干部分析像余村这样的浙北山区乡村的发展思路，他语重心长地告诉我们：生态资源是你们最可贵的资源，搞经济，抓发展，不能见什么好就都要，更不能以牺牲环境为代价，要有所为有所不为。一定不能迷恋过去的那种发展模式。习书记不仅平易近人，而且格外真心地为我们指方向，他说你们安吉这里是块宝地，离上海、苏州和杭州，都只有一到三小时的车程，经济发展到一定程度时，逆城市化现象会更加明显，他让我们一定要抓好度假旅游这件事……看看余村，再看看安吉的今天，习书记当年说的事，现在我们全都实现了！水绿了，山青了，上海、杭州还有苏州，甚至外国人都跑到我们这里来旅游度假，给我们口袋里送钱！十二年前啊，习书记就有这么英明的远见……"

走在熟悉而美丽的村庄大道上，鲍新民时不时地感叹着："做梦都想不到，习书记当年给我们指引的这条路，让我们的村庄彻底地改变了，变得连我们自己都想不到的美。村上的人，现在不仅生活幸福了，情操和品位也大大上了台阶。今天再看余村，感觉就是换了一个时代！"

是啊，在余村，在余村所在地区的安吉、湖州，以及整个浙江大地，我与鲍新民一样，眼见为实地看到了一个发生在身边的全新的、如旭日冉冉升起的新时代！她正如拂面的春风，扑面而来，是那样清爽而热烈，激荡着朝气，满载着幸福和美丽……

是的，一个伟大而全新的时代已从这里开始——

天上人间，余村在中间

英国当代经济学家罗思义（John Ross）说过这样的话：人类其他人能否获取利益取决于依据经济活力与和平崛起的中国，而非先发制人发动战争导致全球陷入风险的美国。这是人类利益和中华民族的伟大复兴联系在一起的更深层次原因。他说，中国经济改革的实践成果是非凡智慧的结晶。

罗思义也许也没有更深层次地研究出今天的中国强盛之道，因为这条经验很有意思，也很柔性，甚至有些不可思议。

美，是人类的共同意识，可以征服世界。余村发展的根本点，落在与它相配的"美"字上，是在"绿水青山就是金山银山"的理念指引下，让美焕发出了生产力。

一个"美"字包含了万千内容，哲人说过，美对人具有强大的引力。今天我们所说的自然美，是人类在创造现代文明社会过程中很难实现的一种境界。余村从最初求富时以破坏自然美为代价，到吃尽苦头再重新回到重塑自然美，且通过自然美实现经济、社会和人的全面发展，这符合中国自身发展的理念。

"余村百姓和安吉人民对习近平总书记的'两山'理论为什么格外亲切和念念不忘，是因为我们从十多年的历史巨变中尝到了太多的甜头和幸福。可以说，余村和安吉这十余年间已经出现并持续不断地出现的新变化、新成果，成倍地在增长，这些成果甚至已经超越历史的总和……"安吉县委书记沈铭权接下去的一句话说得直白，但却深刻而富有哲理：我们余村和安吉，就是靠美吃饭，靠美富有，靠美幸福！

余村如此美，余村在何处？这是中国和世界上许多人都想知道的事。

余村在浙北的湖州市安吉县。太湖之滨的湖州不用费墨，古人早已有"行遍江南清丽地，人生只合住湖州"之说。而在湖州区域，最美最适于居住的地方，古人也早有定论，叫作"安且吉兮"（《论语》）。安吉，美丽而又安全吉祥的地方，你可以想象，在美丽而又安全吉祥腹地的余村，是何等的样子，何等的地方了！

去余村那一天，正巧是清明节。江南何时最美？那肯定是清明前后。一句"清明时节雨纷纷"的描写，将整个江南春天的美景尽收笔端。烟蒙蒙雨霏霏，清甜湿润的沁人肺腑的气息，拂面而来，带着桃花的香味，挟着油菜花的蜂蜜甜，当然，还有时不时透过雨滴当头洒过来的暖春阳光……这便是"江南春"最好的景致。"云青青兮欲雨，水澹澹兮生烟"。妙哉！如此感觉，正是我儿时对"江南春"的记忆——我的故乡与湖州和安吉隔岸相望。

看眼前的安吉余村，置身于如此美景之中，怎不令人在陶醉中情不自禁地感叹：此乃天上人间！

"天上人间，我们余村就在中间……"此话是我由衷而发。余村的"秀才"、现任村委会主任的俞小平听后兴奋得连声应道："这话有根据！"

俞小平说出了自己的"根据"：据《山海经》中《南山经》之《南次二经》记载，"东五百里，曰浮玉之山。北望具区，东望诸毗……苕水出于其阴，北流注于具区……"另据清代《孝丰县志》记载："浮玉山，县东南十里，有一石灵异如玉浮水面……"浮玉山很低小，其山附近，高大的山很多，为何独小小的浮玉山千古其名不灭，也许正是因为它独特。史料上记载，浮玉山在原山河乡与上墅乡之交界处。山河乡是旧名，现在归入天荒坪镇。"我们余村恰巧就在天荒坪镇与上墅镇交界。这并不高的青山，应该就是古书中所言的'浮玉山'了。"这是余村的"俞小平结论"。他现在是村主任，没有人驳斥其论。那就是关于"余村"在天地之间的一种权威说法了！

如果以为"天上人间，余村就在中间"仅仅是一种当地人"自高自大"的美誉，那就大错特错了。多次采访余村，每一次都有不同感受，从不了解到深深地喜欢上它，甚至想留下来安居、安魂，这就是余村的魅力。

有些美，是超乎寻常的，也超乎古今文人墨客们所涉及的范围。

以前很难想象，一个小山村，能让人流连忘返、心旷神怡，有种安身安魂于此的冲动。到了余村后，我竟然渐渐地对它有了一份不舍的眷恋……

问我恋它何处？我要告诉你：是余村群山坳里的那一泓水，和余村边的那个托向云端与天际的池。

它们太美，美得如金，美得金不换。因为它们美，所以也才每天吸引着来自祖国各地甚至世界各国的旅游者与学习参观者；因为它们太美，所以让当地人更加深切和真实地理解了"绿水青山"与"金山银山"之间的关系。

2015 年 5 月，习近平总书记回浙江视察。当时他对浙江的干部说："我在浙江工作时说'绿水青山就是金山银山'，这话是大实话，现在越来越多的人理解了这个观点，这就是科学发展、可持续发展，我们就要奔着这个做。"

"余村的今天，就是像习总书记说的那样走过来的。"俞小平说。

现在每一次到余村，我都要请求去看看"群山坳坳里的那一泓水"，因为这"一泓水"勾走了我的魂……

子曰：智者乐水，仁者乐山。水为万物之源，灵性之躯，美之化身。水可净化世界，柔化人心。爱水者，真善美。

俞小平告诉我：这水在他出生前仅是一块像足球场那么大的潭。"爷爷说，我们俞家在这里至少住了有十几代人。"

人居处，必有水。俞小平的祖上迁徙余村，并落根群山坳坳之中，看中的就是这里有潭水——群山脚跟下的积存雨水，而非江河湖水。"潭里的水时多时少，夏季雨水多时，它溢出堤岸，挟着黄泥，洪流滚滚，沿着山沟向低处奔涌。到干旱季节，我们可以跳入潭中央抓鱼戏水，而有时还能在潭底晒东西，不过这一年的日子肯定不好过了……"俞小平说。

这潭水最早也是俞氏家族在这里繁衍生息的"生命之水"。新中国成立后，俞小平的爷爷执管余村的二三十年里，这潭水变大了，变得对余村的意义越来越大。"我家第一次搬家就是爷爷的主张，他要把这潭水改成蓄水库。"俞小平长大后才明白，水对余村多么重要，爷爷为什么宁可将老宅基搬走，也要把这潭水放大，放成接近现在这么大——几十亩的规模，成为余村人畜与生产的主要水源。

新中国成立之后的前三十多年里，中国的农村"以粮为纲"，既是为了解决农民自身的吃饭问题，也是为了解决整个国家的粮食供给问题。那时的农村，种粮是首要的天职。种粮就离不开水，尤其是"农业学大寨"的岁月里，粮食被种到了山上。山上种粮用的水更多，但山上种粮又让山体自身的蓄水能力越来越差，只要一场暴雨降临，山体上的农作物连同山的表层泥土地，会被一卷而走，形成泥流，冲向山脚。那汹涌的洪流，越过潭堤，越过沟谷，越过村庄……

余村的水最终流向何处，余村人并不关心，他们关心的是水应该为自己所用，尽管余村的地下水比较丰富，但山区缺水又是普遍现象，这是因为山体留不住水。修水库是唯一的办法。俞小平的爷爷俞万兴老书记和搭档陈其新老村长他们那个时代，给余村留下的遗产很多，其中之一就是这座"冷水洞水库"。

水库始建于1976年，建成后的那些年，余村百姓在俞万兴、陈其新等的带领下，以"战天斗地"的精神，换来能够勉强填饱肚子的生活。但水库的水多数情况下是黄的，而且含有不少污染物。"那个时候，农田里喷药没有限制，有了虫就打药水，雨一来，山上那些留存药水的泥土被洪水挟着一齐冲到了水库，加上平时人畜用水全靠这水库，所以村上得病的人特别多。"俞小平就是喝这库里的水长大的。他戏称自己不够聪明就是因为这库里的水含"消智商素"。

那天站在水库旁，俞小平感慨万千。他指着那美如图画的蓝色水库，说他原来的家址就在水库中央。当年爷爷带领村民"改天换地"，带头从老宅地搬了出来。后来矿关了，山也绿了，山色与水库成了余村一大美景，村里与一开发商合作要在水库旁建一座用于旅游产业的酒店，于是俞小平等十几户俞氏村民又被动员搬家。"那年我刚当村干部，所以全村人都看着我动不动。我爷爷已经不在世，我父亲一听说又要搬家，坚决不同意。怎么办？我当干部的就得带头。那年是 2007 年，也是我们余村贯彻落实'绿水青山就是金山银山'的上坡路程上的关键时刻，你犹豫和停一下，想歇一下气，就可能往下滑。这当口，我们当干部的就得有壮士断腕的勇气，才能带领全村人从'绿水青山'走向'金山银山'……"俞小平说此话时，一脸刚毅。

余村的发展，也让我们明白：选择走"绿水青山就是金山银山"之路，绝非平坦和简单。

"我们余村人特别感恩习近平总书记，就是因为他的'绿水青山就是金山银山'思想救了余村，让我们从有害的经济发展方式中彻底地走了出来，也让我们比别人更早地从绿水青山中获得了'金山银山'。"前任村支书胡加仁说。

"如果说 2005 年 8 月 15 日之前，余村先后关掉两三个石灰窑是一种自我觉醒或自发意识的体现的话，那么习书记留下那句'绿水青山就是金山银山'的话后，我们很快关停了所有矿山和水泥厂、化工厂等污染环境的企业，便是一种自觉自愿和坚定不移的决心与信仰的体现。"

"关掉矿山并不意味着我们只是顺其自然地让大山和水库靠自己的能力去自然调节、恢复，那样恐怕到现在我们的余村还不能看到山是全青的、水是彻底干净的。"老支书胡加仁回忆道，"从2005 年的下半年开始，我们就对全村的所有曾经被破坏的山、污染的水进行了整治，而且再不允许哪怕仅仅有一点点污染的企业入驻余村。力度相当大，大到有几年我们村收入下降到连干部的工资都好几个月发不出来，但我们还是照样坚持这个做法。那个时候特别考验人，要是有人动摇一下可能就又有一块山一片水给糟蹋了，但我们咬牙挺了过来……一直到现在，没有含糊过。"

胡加仁望着青翠挺拔的群山，又指指如今已经碧水如镜、宛如一颗硕大的绿宝石的水库，无限深情地对我说："你看看现在这里的山、这里的水，它们多美啊！余村真的要好好感谢这些山、这座水库，它们从来都是在为我们付出。现在又因为它们的美，我们余村才会有那么大的名气，那么多游客被招揽过来，并且把一颗颗远方的心留在了我们余村……"

余村山水如诗，生活在如诗的余村的人，现今个个都快成了诗人。

"来，到水边来！"胡加仁一个鱼跃，从岸头跳到了水边。他又抓住我的手，一下将我拉到他身边。

现在，我们就站在与库水几乎持平的地方，感受着湖光山色。

当年严重染污的水库，如今已经活脱脱地变成了一块无与伦比的美玉。瞧那清亮的湖面，在夕阳照耀下，闪着鱼鳞般的光芒，又像千千万万的碎金，灿烂明耀。轻柔的微波，好似追逐嬉闹的顽童，一排一排地扑向岸边，又嘻嘻哈哈地列队退回。

第一次见这深藏于群峰凹底间的水库，是胡加仁老支书带我去的，当时我们站着的地方，水面近在咫尺，所以可以清晰地见到那倒映在湖中的蓝天与青山，也可以看到水中欢腾游弋的鱼儿和湖底漂荡摇曳的水草。水面呈深蓝色，山的倒影处的水颜色更深，有如泼墨，有阳光照耀的水面则呈淡蓝色；整个水面因为不同的倒影，组成了一幅层次清晰的大自然图画。如果你蹲下身子，贴着水面再看去，然后把手轻轻地放在水上，你会感觉这水犹如丝绸一般柔软，清澈得让人不肯放手……

无法相信，曾几何时，这水如黄泥浆，又脏又臭。是余村人改变传统的发展方式救了这泓水，更是习近平总书记的"绿水青山就是金山银山"理论让这泓水清了、纯了，重新有了生命！

水有了生命，才变得越来越有价值。第二次我见余村的这泓水是在初夏的日子，那天天气特别晴朗，新任村主任俞小平兴致勃勃地要带我到他们村的最高峰俯瞰余村全境。

"看，这就是水库！"沿正在修筑的环山路盘旋向上攀登至半途，俞小平突然让车子停下，让我们下车，朝群山脚下的凹陷处看。

"天哪，这么美啊！简直就是一块贵妇手指上的上等翡翠！"居高临下地俯瞰这泓水，别有一番景致和意境。而正在修缮的水库边那片白色的旅游度假宾馆，也显得十分高雅。再扩展视野，举目远眺水潭之上的群山，更是绿意盎然，青翠如画屏……置身于如此美妙的诗画之中，你才会更深切地领会习近平总书记"绿水青山就是金山银山"的真谛。

余村人说，这泓曾经让他们憎恨并想抛弃的脏水，现在是他们的"金不换"。用俞小平的话说，"即使有人想用几个亿的钞票来换走它，我也决不答应！"

听完俞小平的话，我不由一边凝望着这泓"用几个亿的钞票也不换"的水，一边思考着这样一个问题：余村的水并非天然就有，而且曾在过去让人憎恨与抛弃过，然而就是因为余村人遵循了习近平"绿水青山就是金山银山"的发展理念，坚定地走一条适合本村生态经济发展的道路，才让这泓水生金成宝。这样的新型发展道路，余村走通了，其他地方不是同样可以走通见效吗？这样的道路让余村变得美丽、富有了，其他地方照着这样的道路走下去，不也可以同样美丽、富有吗？

一道阳光，掠过我们的头顶，将整个大地照得明灿灿的……

"走，我们去看比这更美的'云里的玉镜'！"俞小平突然说。

"啥是'云里的玉镜'？哪儿呀？"

"就在余村边上。到了就知道。"俞小平卖了个关子，笑言。

余村之美，安吉之美，只有你去了才知道。它确实超出我们的想象。

余村属于安吉县的天荒坪镇。与余村冷水洞水库隔山相望的地方有个被称为"江南天池"的大水库。这水库的奇妙与独特之处是它位于山巅之上，水面竟然是依仗群山之力，将其高高地托在一座高入云端的巨峰之顶，于是那水变得犹如云中的一片银镜……故名之"天池"。因它生于南国的浙江安吉，所以有"江南天池"之称。

起初，我以为是余村人的"自吹"，哪知手机"百度搜索"一查，这"江南天池"其实早已名扬四海！只怪我等眼耳闭塞也。事实上，与我一样眼耳闭塞者不少，我们对余村毗邻的"南国天池"真的太缺少了解了。

无论是俞小平说的"云里的玉镜",还是游客们说的"南国天池",如此诗意的仙境,人虽未到,我的心却已飞至,并且立即联想到其他两个各具美妙的天池:一是天山怀抱中的新疆天池,二是长白山上的天池。只要一提起它们,眼前就会涌出一个字:美!然后是:神往!再是:勾魂!

天山天池和长白山天池一在北方,一在西部,它们美得不可复制。

余村边的"江南天池",独处在南方的地域,较古老的天山天池和长白山天池,"江南天池"似乎还没有那么大的名气,但余村边的"江南天池"诞生于我们这个时代,它后来居上,一出世就"当惊世界殊"!

到了余村近邻的"江南天池",我才明白俞小平为何称它是"云里的玉镜"——这是一座中国人创造的独特人造水库,它建在山之巅的云雾中间——那白云飘荡而过时,水库仿佛跟着云儿一起在空中游荡,太阳一照,遂光芒四射,恰如"云中之镜"也!

"南国天池"全称为安吉天荒坪抽水蓄能电站。这座排在世界前列的抽水蓄能电站,雄伟壮观,堪称"世纪之作"。它始建于1992年,1998年第一台机组正式发电。电站总装机容量180万千瓦,6台30万千瓦立轴可逆式抽水发电机组,是我国目前已建和在建的同类电站中单个厂房装机容量最大、水头最高的抽水蓄电站。水库建在天荒坪一带海拔最高的山巅之上，气势磅礴。从空中俯视水库，宛若嵌在万山丛中的一面玉镜，明闪铮亮，独烁光芒。靠近观之，更觉凌空见海，浩浩荡荡。千米之上的山巅上，平时也感风声啸急，那云雾之间的宽阔水面，在山风吹荡下波浪翻卷，层层叠叠，当它们拍打在椭圆形的堤坝上，溅出的水花犹如一片片游云。当阳光照来，游云便变成一道道彩霞，美得让游客惊呼欢叫……

　　但站在"天池"边，我最感震撼和奇妙的是，这个水量与西湖之水接近、悬在群山之巅的抽水蓄能电站，其水竟然完全是从数百米之下的另一座嵌在半山腰的水库抽上来的，而它们之间的落差，构成了这样一座壮观的人工发电站。整座电站枢纽由上水库、下水库、输水系统、中央控制楼和地下厂房等部分组成。电站下水库位于海拔350米的半山腰，是由大坝拦截安吉人的"母亲河"西苕溪水而成。当地人称下水库为"龙潭湖"。山巅上的"天池"之水，则是巨大的抽水机经过无数层层弯弯后抽至上端，再通过垂直"水洞"倾注而下……据电站工作人员介绍，该抽水蓄能电站，上下水库间的大山中凿有长达22公里的洞室群，大小洞穴达45个，大的相当于几个人民大会堂，小的也比足球场大，它们构成了电站主、副厂房区。整个地下厂房全长200米，宽22米，高47米，6台30万千瓦机组一字排开，形成壮观的地下厂房景观。高山之巅的"天池"，是利用了天荒坪和搁天岭两座山峰间的千亩田洼地开挖填筑而成，并有主坝和4座副坝及库岸围筑，整个上水库呈梨形，平均水深42.2米，库容量885万立方米，相当于一个西湖的容量。抽水蓄能电站的工作原理十分有趣，这既是科学，又是一笔有趣的"账"：夜间，下水库的水被抽至上水库，而在白天，上水库的水通过特定管道往下倾注，这个"抽水—发电"的工作过程，据说是充分利用晚上价格便宜的富余电力，把水抽上去，而白天是用电高峰，生产的电能价格高，电站"吃"的就是中间的电价差价。

有意思吧！余村的这位"邻居"据说每年可以创造数亿元的价值，同时也能缓解华东地区部分用电紧张情况，可见"科学与经济"联姻所产生的效益，极其巨大。

然而，"江南天池"在今天，给当地带来的何止是仅靠这硬邦邦的发电来赚数亿元的钱，现在的它，已经有了比发电更赚钱的途径——旅游、观景。

在走向"天池"的一路上，随处可见的是新开设的各种旅游项目，比如"天池滑雪场""天池温泉""天池夏令营"等春夏秋冬皆可一游的项目。确实，这座"江南天池"，因为它处在独一无二的山巅之上，水面阔大而美丽，又有每日活流，较之天山天池、长白山天池，其水要"活泛"得多。水活境必灵，地必青，而最关键的是"南国天池"生在美丽的安吉竹山绿林之地，这使得它美上加美，美不胜收，天人俱美。

"江南天池"第一次出名的时间是 2009 年 7 月 22 日。这一天是"世纪日全食"，当天全国大部分地区阴雨，余村一带却风和日丽。当日，中央电视台在天池上直播了完美的日全食过程，天池对外开放，来自全国各地的天文爱好者多达上万人，光各路专家就有二百四十多位。万余名天文爱好者和专家们在此记录下了变幻无穷、难得一见的"天象"：日食前的晚上是阴天，且预报第二天有雨。当天清晨 6 点仍是阴天，但过了 7 点，天池映照的当空，云层竟然逐渐散开；9：33，天际出现美丽的贝利珠，9：39 生光，黑太阳上方再次出现钻石般的光芒，随着月亮逐渐离去，10：59 太阳复圆，其中日全食时长达 5 分 38 秒……

这是"江南天池"的一次世界亮相，从此它名扬四海。专家给出的评语是：江南天池，盖世之奇，源在青山绿水。

我们明白了！

明白了余村的这位"邻居"之美，原来也是沾了绿水青山之仙气和优势，令崇山万岭、千湖百江羡慕。

余村的那泓水和"江南天池"一样，它们皆在天上人间之中，怎能不让人叹为观止？

农家乐，乐坏了春林和春花

在今天的余村，每天最热闹的事，莫过于接待从四面八方来享受农家乐的客人。那种农家乐是专门接待城里人的观念已经过时了。我发现余村和安吉许多农家乐的客人有相当一部分并非来自城里，他们其实也是农村人。比如那天我就碰到一群来自我们老家苏州地区的农民，因为是老乡，其乡音一下子就能听出来。一问这些到余村的老乡，才知道他们也是慕名而来。

"安吉这儿有山有水，风景比我们家那边还要好。再说，这里玩一天、吃一天再住一天，花不了几百块钱，这样的好事勿能让它逃走了吧！嘻嘻……"几个昆山老婶娘跟我有说有笑。

中国的农家乐在今天的世界也是一大奇观，也可以说是中国改革开放之后，使如此巨大数量的中国农民过上好日子的一种重要途径。

　　到底谁最早开的农家乐，现在说法不一，但可以查到"证据"的应该算是成都郫县农科村的徐纪元。成都人告诉我，徐纪元的"徐家大院"农家乐开设于1986年，去年他们那儿举行了隆重的"农家乐开业30周年纪念会"。从这个推断，成都郫县徐纪元的农家乐应是中国农家乐的首创。

　　但这个说法非议不小。听说徐纪元的农家乐是1986年才开张的，马上就有温州人站出来说，他们那儿的农家乐在二十世纪八十年代初就有了。那时城里开厂的人特别多，一到晚上或者星期天，就几个人甚至一个厂子的几十人一起合伙到郊区的农民家吃饭开伙，慢慢地这些吃饭开伙就固定在张三李四家里，这张三李四不就是农家乐嘛！"我们有时在那里打牌搓麻将唱卡拉OK，难道这还不算农家乐？"温州人说得也有道理。

　　上海人一听不买账了，说你不就是七几年、八几年嘛！我们那儿的农家乐在二十世纪五六十年代就有了。有人不相信上海人这话。上海人马上反击说，这还有假，你不信可以到我们的西郊公园一带看看嘛！动物园周边农民开的小吃店、小饭店多得很，那不是农家乐？解放初期，我们城里人组织郊游，就经常到周边的农村去，午饭时间一到，没地方去，就跟农民老乡商量，请他们给我们做农家菜。因为每次吃得很开心，于是隔一段时间就又去了，一来二去，这些就成了热热闹闹的农家乐啦！

嗨，你还真说不清哪里的农家乐是最早办的呢！不过，我基本相信：在中国，真正可以称为农家乐的，根本不是今天的事，甚至可以追溯到孔子时代！"老孔"那个时候，带的徒弟多，教学一累，就领着弟子进行"郊游"，饿了就在农家摆下酒桌吃上3杯，来个"不亦乐乎"，这难道不是农家乐吗！

中国是个农业大国，从宋代的城市化开始后，农家乐其实就已经有了规模，只是没有人给它一个正式的命名。现代意义上的农家乐是农民们利用自家的房子和菜地及周边的自然风光，给城里人开设的休闲旅游的地方，是一种成本很低，却能给客人带来吃住放松的自由乡间休闲形式，俗称农家乐。如果再加一个"营业执照"来确定它正式或非正式的话，成都徐纪元的"徐家大院"确应是第一家。

但外国人认为，农家乐的发明专利并非属于中国，应当是西班牙。有报道记载，西班牙在1965年曾经风靡一时的乡村游，便是真正意义上的农家乐，是一种世界首创的旅游新形式。这可能有一定道理，因为现代意义上的城市化进程，欧洲老牌发达国家比我们中国要早得多。尤其像西班牙这样，既是发达国家，又是旅游大国，吃喝玩乐的形式，肯定比较成熟和先进，他们的花样也多，乡村游自然也兴旺。当代咱中国人的了不起之处，是让包括西班牙在内的世界上所有的老牌发达国家都感到不可思议，因为我们才用了不到四十年的时间，就赶上了发达国家用二三百年才拥有的现代化水平与生活方式。中国式农家乐就是其中之一。

余村在习近平"两山"理论指引下，走上富裕道路的过程中，农家乐毫无疑问占有重要地位。现在全村共有 9 户村民开设农家乐，规模各不相同。"可它却是余村村民创收的重要途径，近一半人的收入在这一块。"现任村支书潘文革这样说。

那天到一户热热闹闹的农家乐吃过饭后，我提出去见见当年向习近平作过汇报的老支书鲍新民。

开始以为鲍家有可能比其他农家乐开得都红火，可进到鲍家，才发现并非如此。

鲍新民家的院子不算小，干干净净，堪称卫生环境样板，但冷清得很，没有一个外人，院子里空荡荡的。这时鲍新民从屋里出来与我握手，第一句话我就问他："为啥你不开农家乐？你这院子也不小呀！"

已经退休在家的鲍新民，脸上有些尴尬地微笑说："不是所有的人都可以开农家乐的，也得有能力。"

"你是余村最大的官，当过一任村长、两任支书，余村啥事你都干了，不能干农家乐？"我有些不信。

鲍新民端过茶杯给我后，慢声细语地说了个实情："我家地段不太好，靠后，一般客人不易到这边来。做生意，要讲究客观条件，开农家乐也是如此。"

　　这位不善言辞的余村老领导说话特别实在，但话中却有真金。

　　"习书记那年来余村时，我代表村里作主汇报。"鲍新民又一次向我介绍 2005 年 8 月 15 日习近平来余村时的情景，"习书记特别亲民、亲切。后来我汇报到村上关掉了污染的几个厂时，他清晰而坚定地对我们讲：绿水青山就是金山银山！"

　　"之后我们就是按照习书记的'绿水青山就是金山银山'的话，一直坚持到现在。"鲍新民说，他 1992 年进入村委会，整整二十年在余村村领导岗位上，2011 年才因为年龄的原因，不当村支书后被镇上抽到"农整办"工作。

　　"矿关掉、水泥厂也不开后，村上的收入确实成了问题。如何让百姓过上比开矿、办水泥厂时更富裕的生活，不是说说而已的事，得真干实干，有真金白银，百姓才相信我们这些干部嘛！"鲍新民说，"那天习近平书记强调：'一定不要再想走老路，还是迷恋过去那种发展模式，所以刚才你们讲到下决心停掉一些矿山，这个就是高明之举。我们过去讲既要绿水青山，又要金山银山，其实绿水青山就是金山银山。'他的这些话我印象最深刻，一直牢牢记在心上。他鼓励我们坚定不移地走生态旅游经济这条路子。后来余村一步步发展，就是朝着总书记指引的路过来的，从没走过样。"鲍新民家现在在村上不属于富裕户，但他欣慰自己当干部二十年的后几年里，靠着"绿水青山就是金山银山"的理念，带领村民们走了一条造福余村百年的金光大道。

"开矿、办水泥厂时，我们余村虽然也是全县富裕村，大家的收入看上去不低，日子过得还不错，但百姓其实很苦，劳动辛苦不用说，因为污染严重，生病的人也多了。而一生病花钱就像流水，这么算下来，根本富不到哪儿去。看看现在，大家是真富，干活不累，赚的钱是以前的几倍。我是 2011 年离开村干部岗位的，那个时候，村集体就在镇银行里存了 1000 多万元，真金白银，通过理财，每年都可以给村里拿回几十万、百十来万元额外收入……现在还是这样。当然，现在村里比那时收入还要多些，关键是农民比以前收入更多了。看着余村的今天，我们觉得没有辜负习总书记当年的殷切希望。"

"看上去你现在的生活水平和财富比村上多数村民尤其是那些开农家乐的要少很多，你内心平衡吗？"我认真提了一个问题。

鲍新民沉默了片刻，再次抬头时，他的脸上绽开了笑容，说："我心里是真的高兴。这话别人听起来觉得有点假，但对我们余村干部来说，我们今天能够看到村里有人开农家乐一天赚的钱比我们一个月、一年的收入还要高时，真的非常高兴。啥叫'绿水青山就是金山银山'？我理解这就是！"老支书话锋一转，"想想当年我们冒着生命危险，天天盯在矿上，亲自背着炸药开山破石，不就是想让百姓富裕吗？但没有成功，也破坏了山水。现在听了习近平总书记的话，走上了'绿水青山就是金山银山'这条正确的道路，看着百姓实实在在富了起来，这难道不是我们当初想实现的奋斗目标吗？作为一名当了二十余年村干部的老党员，你说我不高兴吗？肯定高兴！说实话，我比谁都高兴，因为这是我几十年来所追求的梦想和理想！你一定要问我内心的想法，那我也告诉你：在百姓富裕的同时，村干部不是不可以富，但我们必须先让百姓富了，才可以想自己的日子。比如开农家乐，开始我们是村里组织、招揽客源的，而且要求村干部带头办农家乐。为什么这样做？因为村里关掉矿、搬掉水泥厂后，不知道能不能落实好习书记提出的'绿水青山就是金山银山'的发展新思路，所以要求干部试着先办农家乐，给村民当示范。当时除我之外，有好几个村干部带头办了农家乐，这是我们鼓励的。我没有办，是因为确实我家地段不好。现在我虽然不能与村里的富裕户相比，但日子还是蛮好的，看着余村发展走上了阳光道，比啥都开心……"

看着鲍新民开朗的笑容，我对这位老支书更加敬重。

从老支书家出来，到了村头的张文学家。一听这名字，以为一定是个"文艺范儿"的"文学男"，见了才知原来余村的张文学是位年已半百的农妇。不过，张文学看上去一点儿不像农家妇女，清秀端庄，年轻时一定是余村的"村花"。

　　"我一直是村里的妇女队长，从 2002 年到 2010 年，当了 9 年。"张文学说，她是 1982 年从山那边十几里路外的另一个乡嫁到余村的。老家 6 个兄弟姐妹，名字里都有"文"字。

　　张文学从小生活在一个多子女的农民家庭，养成了勤快、俭朴和孝敬老人的好品质。她说村里是在习近平书记来后的当年就开始提倡大伙儿办农家乐的。"那时要求干部带头，我是妇女队长，办农家乐好像理所当然我得先带头。我就跟男人和公婆商量，家里人支持我，我就在我们家腾出 4 个房间做了农家乐客房。当时一天连吃带住二十五块到三十块，没有想多赚钱，只是想把农家乐办起来。我是村里农家乐协会会长，其实就是村里派我协商和组织这块工作。女人嘛，做这事好像方便些。哪知道开农家乐也不是那么容易的事。比如来了客人住谁家、到底吃什么、怎么收钱，等等，总之烦心事情一天有时几十件。客人少了，村民就问我买的生肉怎么办？客人多了，被子不够又急死人。这些事马虎不得呀，尤其当客人等在那个地方时，我就只好赶紧把家里的被子给人家送去，把自家的冰箱腾出来用。唉，那头一年，我就比'阿庆嫂'还'阿庆嫂'！太阳没有出山头就要挣钱，一直忙到半夜还可能有人找上门来催你解决这事那事。再后来，村里的农家乐越办越多了，管理和协调的活儿跟着多起来，我就把自己家的农家乐停掉了，集中力量帮助那些已经办起来的和正要办的人家协调各种事情，直到全村农家乐成了气候。后来我女儿长大了，又结婚、生小孩，我就到她城里的家那边带孩子去了，一直到现在……"

"听说现在村里农家乐开得最火的'春林山庄'是你一手帮助主人潘春林夫妇弄成功的？"我早已知道此事，便问。

张文学笑笑，谦和地说："是人家努力干得好，我只是在开始时尽了村干部的一份责任。"

"还有呢？"

张文学摇摇头："没有了。"然后哈哈大笑起来。她不仅长得美，能干又善良，且孝心满满。她婆婆的婆婆活到九十九岁高龄，去世前两年瘫痪在床，是张文学端屎端尿地伺候老人走完了人生最后的日子，张文学因此被镇上评为"孝敬之星"。

"走，我们去看看春林山庄，今晚就在潘春林他家吃便饭……"村干部俞小平提议。

在余村那条东西走向的大道上，数春林山庄招牌最醒目，更重要的问题是，春林山庄在余村有几个第一：第一批农家乐，也是全村现在最大的农家乐；第一个有自己旅行社的农家乐；第一个承包县里重要风景区的农家乐。

到春林山庄是晚饭的时间。一进山庄，就见整个院落像在办喜事一般。"今天又是满客……"老板潘春林的妻子春花四十来岁模样，快人快语，一说话就是一串笑声，难怪她家的客人那么多、生意那么好！

　　这样的农家乐还是头回见：院子大门好像还不如鲍新民老书记家的大，不过，潘春林家里面可就是另一个世界了——三层楼，看得出是明显的加大型的；除了厨房，一层全是吃饭的桌子，大大小小有一二十张。"今天院子里又摆了五六桌，没地方放了！"春花一边带我到楼上看房间，一边擦着额上的汗珠，脸上泛着幸福和快乐。

　　"二楼、三楼都是客房。"春花打开一间内有一张大床的房间，说这样的房间一般是给年轻的夫妇住的。

　　"什么价？"我问。

　　"不是旺季每天180元。如果旺季和周六周日，要涨三五十元。"春花回答。说着又推开一间"亲子房"——一个小套间，一大一小两张床。

　　"这样的房间是300块一夜。"春花告诉我，"孝子间。"她解释，"有的儿女带着孤身的父亲或母亲来，我们就设了'孝子间'，就是子女跟自己的父亲或母亲住在有小门隔着的同一套房间，这样便于子女照顾老人。"

　　"你想得真周到。"想不到余村的农家乐如此细致入微。

　　"你再看看这间……"春花带我到三层外的一个阁楼，那里面很特别，房间利用楼房的一个斜面，装饰成两间可以在夜间"望星星""看月亮"的小木屋。

"这小房间很有味道！"我一看立即喜欢上了。春花笑："这两间最俏，常常要提前好几天才能订上。"

"都是新婚的小夫妻吧！"我猜测。

"对。他们都喜欢住这房间。"

"价格呢？"

"比普通房间每晚贵 100 元吧！"

我伸手指指春花，夸她："你真会赚钱！"

"物有所值嘛！"春花听后不但没有不高兴，反而爽朗地笑着回敬我一句，"如果大作家你来，我可能还要加价 100 元……"

"为啥？"我不明白。

"这么优雅、浪漫的小木屋！你住在这儿灵感来了，书猛地一本又一本写出来，我不多收你 100 块也对不起你挣那么多稿费呀！"

"哈哈……好你个春花老板娘啊！"我一下子觉得潘春林能把农家乐办成全村最棒的，与家里有个里里外外一把手的媳妇春花有直接关系。

后来与潘春林本人交流后，方知这位真正的老板其实是生意场上的"大鳄"！

潘春林，七〇后，初中毕业后第一份"工作"与村上其他青年差不多——到石矿上开拖拉机运石头挣钱。"干了两年，石矿关了，我就到水泥厂干活，也是搞运输。"潘春林是个标准的"浙江男"：个头 1.7 米左右，瘦瘦的，但精明灵活，是那种一看就什么都会的人。跟妻子春花站在一起完全互补：春花嘻嘻哈哈，春林轻易不冒一句话，一旦冒出来，就是利剑或子弹，能听到呼呼响声。这种男人做生意一定是个高手。

"你叫春林，她叫春花，你们夫妻是不是一个村的？名字怎么像提前配对好似的呀！"这事令人好奇。

"我们是天仙配！"春林颇为得意地说，"其实我们两家离得很远，她家在另外一个镇。但我们有缘分。二十三岁时我在水泥厂搞运输，那年冬天我到另一个镇办事，也就是春花她家那个镇，见过她一回，当时没太在意，两年后一次偶然的机会又碰到了。这回是一见钟情，再没有分开过。后来春花问我，说第一次你见我为啥没提要跟我谈对象啊？我说因为我们余村的春花还没有开呢！春花就问：那现在你们余村的春花开了吗？我说开了呀！她又问为啥就开了呀？我说：因为余村的春天到了嘛！春天到了春花就开了呗！"春林很善于表达，大概也因此特别讨人喜欢，生意才做得红红火火。

等身边的人都走了，只剩下我们两人时，春林一下变得沉稳老成起来。"其实，我走到今天也不那么容易。"他说，"要想把绿的水、青的山，真正变成金子银子，这中间要做不知多少工作和努力啊！我的春林山庄走过的路，可以说是余村实现习书记'两山'理论比较具有代表性的。"

春林只念过农村中学的初中课程，但二十多年的"社会大学"让他比普通农民有了更多的文化，说起余村和自己在村里所走过的路，春林的言谈里有不少哲理。

"我们余村在习书记来之前，虽然也把矿关了，水泥厂租给了别人，但要说真正从思想上自觉变到保护生态、通过生态来发展和壮大自己、富裕自己，其实是经过了艰难的历程。"春林说，"2000年开始，水泥厂开始走下坡路，原因是上面提出环保，乡镇企业尤其像水泥厂等一些污染严重的企业，都得关停并转。当时整个乡镇企业在衰退，我们余村的村办企业和转租出去的水泥厂都面临日子一天比一天差的困境。这个时候，我们村由于过去开山挖矿比别的地方更早、规模更大，所以受污染影响也相对大，关停并转村办企业是自然而然的事，势在必行。这中间有个过程，一方面村里的水泥厂仍在半死不活地维持着，同时村里又鼓励大家想办法走新的发展道路。说白了，大家得重新动脑筋换一种活法，要不然就只能重新回到苦日子的老路上去。这肯定没有人乐意，但咱们是山区农村，除了石头、水和少量的地外，啥都没有。石头不能换钱了，水被污染后还没有清，农田只够口粮的，你说活路在哪儿？关矿和水泥厂走下坡路那两三年时间里，其实全村人都是非常犹豫的，不知以后的日子怎么过。现在好像大家说起来非常容易——绿水青山就是金山银山，但在当时，绿水青山在哪里？要让开山轰炮炸毁的山重新长出青绿，重新长出毛竹还不知道何年何月呢！再说，即使有了绿水青山到底能不能变成钞票变成金子，谁也说不准……最初我和文革去镇上承包了一家饭店，但我们仍然在水泥厂工作，让家里的女人去打理饭店，其实是试着看看能不能照这个路子走下去。后来发现并不像我们坐在家里想象的那么好。"

春林提到的文革，是他的堂兄弟。这对堂兄弟合伙承包饭店的日子不长。到了 2002 年、2003 年时，经过两三年关矿停厂、休养生息，余村百姓回头再看看，发现三面环村的山林似乎开始绿了起来。到了 2004 年，满山的毛竹也长了起来，从山里流出来的溪水也变得清凌凌的了……"甜了！水甜了！"乡亲们蹲在那条横穿村子的余村溪的两岸，捧着清洌甘甜的山泉，好不高兴！

"是这个味！跟我们小时候喝到的泉一样甜！"村上六七十岁的老人抿着被泉水滋润的嘴角，也这么说。

"要说余村人的思想观念变化和余村山水面貌的变化，确实是因为习总书记当年讲的话给了我们方向，坚定了我们走生态致富的信心。"春林说，到了 2005 年，村里的环境确实焕然一新了。

"我们这些'文革'中间和之后出生的年轻人，还是头回见到原来我们余村的山水竟然这么美，而且是纯天然的，没有任何人工痕迹。余村三面环山，坐北朝南，正面通着五分钟车程的天荒坪镇，从山的深处走来的一条湍流，在村中穿越而过，滋润着余村的每家每户。我们的村庄和农田，正巧在溪流两岸，冬暖夏凉，宜居宜耕，绿树常青，鸟语花香。还有一处千年古刹，一个深藏在大山腹部的天然溶洞，里面奇景百态，妙趣横生，再加上余村最丰富的毛竹青山，你说美不美？

"有一次我带着一位在水泥厂工作时认识的外地朋友到我家玩，请他吃了一顿土菜，他竟然一连住了三天，说不愿意离开我们家，想在余村过日子。当时我想，这朋友不会是酒喝多了没醒过来吧？但朋友拍着我的肩膀说，春林春林，你们余村人身在福中不知福，掉在金山银山里不知发财致富呀！我问他这话咋说呢？他说现在他们城里人已经过烦了那种上班挤、下班挤、回家吃的又是消毒自来水、每天在水泥钢筋的框子里和柏油马路上奔波、吃的又可能是喷农药的粮食蔬菜的日子，这儿多好啊！所有的东西都是天然的，连空气都是城里人拿钱买不到的宝贝呀！他说你春林要开个店，开个农家乐，我就每星期来一次，带着全家人，喊着朋友们一起来，吃住在你家，给你付钱，保证让你不出门就发财！

"不出门就发财，你说这样的梦谁没有做过？我就做过好几回。"春林笑着坦言。

就在这个时候，余村村支部和村委会也正式开始向村民建议利用村上绿水青山的自然资源和美丽环境，开设农家乐——客源和服务方面由村上帮着做，赚了是你们大家伙儿自己的。

"这样的好事谁不做就是傻呗！"春林说，"我和文革停了在镇上承包的饭店，决意回到村上办自己的农家乐。"

春林被自己家乡的美景吸引着，更被习近平总书记指引的发展方向吸引着，他要用自己的行动证明"绿水青山就是金山银山"。

与所有的农家乐一样，春林的农家乐开设在自己家，但因原有的房子并非旅店式建筑，一些房间的设计不能公用，于是春林比其他农民家走在前头，不是采取在原有房间陈设的基础上换个床单、清洗一下马桶而已的方法，而是对老房子进行了翻修。

"得多少钱？"父亲问他。

春林估摸了一下，说："20来万吧！"

父亲掐着手指，一算：16间房，来的客人按每天住满一半算，一年光景基本可以平账了。"那你就做吧！"父亲同意了春林的方案。

毕竟是老房子，按规矩还是上一代人说了算，春林也是这么做的。但令他意外的是，最后装修完16间房间，工钱和材料两块加起来共 60 余万元!

"负债了! 我一下压力特别大。原来计划 20 来万元是根据自己与老婆的积蓄来的,现在口袋全空了不说,还欠债三四十万元,这等于被逼上了梁山!"春林跟春花苦闷了好一阵。

开张吧! 得起个名! 春林道。

春花说:吉利点,要不生意不好,我们欠的账还到何年何月?

是啊,可起啥名吉利呢?春林肚子里没几滴墨水,轮到这种事就着急,赶紧从孩子书包里拿出一本《新华字典》翻啊翻……

春花一把将字典扔了,说,咱余村到处是好景好风光,你翻啥破书!

春林心想,也是。余村好山好水,我们抢个好名用用!他走到自己的凉台,推开窗子,向外看去,立即被村口的两棵老银杏树吸引住了——就用它了!

想到啦?啥呀?春花连问。

你看:那银杏多茂盛啊!它是我们的村树,而且健康长寿,兴旺发达!

就它了! 啊——我们要发财啦!春花高兴得跳了起来,搂住丈夫,在他脸上连"啃"了好几口。

"银杏山庄",名字不错,但它已经被人注册走了,你得改名。工商局的人告诉春林。

有点难受。春林的农家乐出师就不利。好名字注册不上，只得临时改名。啥名呢？

春林脑子里的那点"墨水"被晒干了！干脆，就用我名字吧！春林说。

春花把脸一偏，朝天眺望，说：对，就用"春林"吧！如果再不行，就用我的名字，"春花"。

春林笑：得啦，用娘儿们的名字赚不了钱！

去你的！春花嘴一噘，背过身子被气走了。

后来，"春林山庄"被注册下来。开张那天，余村像过节一样热闹。春林与春花在村里人缘好，他俩也会做人，第一天请的客人全是村上人，吃了个痛快。这叫"开张宴"，求的不是赚钱，而是人气！

果不其然，春林山庄从开张第一天起，生意一天比一天红火。这除了春林、春花俩人里外搭配好，还因为春林的脑子灵活。别人的客源是靠村干部到风景区跟导游"讲价钱""给好处"后才好不容易拉一拨来。春林不一样，他先把余村的好山好水拍成照片，再配上几句"文学语言"，什么"美不胜收""流连忘返""坠入云海""如梦如醉""人间天堂""绝对自然"云云，又通过网络一传播，客人竟然纷纷而来，都要到余村找春林山庄……

春林这家伙行啊！连村上的干部都觉得春林这一招既省力效

果又好，且着实好好宣传了一通咱余村，于是请县上市里的记者给春林山庄进行了专题报道，从此春林山庄美誉满天下——主要在安吉境内。

"这就已经非常了不得啦！"春林的"经济学"非常有一套，"作为一个乡村农家乐，你如果能吸引一百左右固定客源，你就基本有饭吃了；如果你有 300 个客源，你就可以小康致富了；如果你的固定客源超过 500 个，那你就是富翁了……"

"说说你现在的固定客源有多少？"我不能放过机会，于是追问春林。

他笑而不答。

我问心直口快的春花。春花拍拍围裙，两眼望着天花板，费了好大劲挤出一个数字：不说客源啦，好的时候，一天赚一两万元吧！

一年 365 天，算一半时间生意"好的时候"，一年下来就是三五百万呀！富翁！春林是富翁了！他夫妻俩已经干了十几年了嘛。

"哪止这个数！她春花是保守说法！"村干部立即让我别信她说的。

我笑。反正春林一家开农家乐是发大了！

"这一点不假，我肯定发了！"春林不否定，说他现在平均一年有二百天左右的时间是满客的。"爆满的时候，一天接待二三百人，吃住游玩都在我这儿，平均每人一天消费在二百元左右。"春林说出了自己的盈利"底牌"。

能在余村听到农民有这样的收入，自然让人从心底里感到当年习近平的那一句话是何等的重要！

"真的是金光大道！"春林的话由衷而发。

余村和安吉能够在二十一世纪初开始出现节节攀高的客源，其中一个非常重要的原因，就是后文中要讲到的关于安吉被确定为"黄浦江源"之后，上海与安吉之间便有了一份特殊的"亲戚关系"，加之县上连续举办"中国安吉黄浦江源文化节"，文化节期间主打"黄浦江源生态旅游"牌，使得喜欢到处游山玩水、"吃吃白相相"的上海客人疯一样地到他们的"母亲河"源头探访加旅游，于是"安吉山水甲天下"的美名在大上海传开了。这还了得，2000万人口的中国大城市，加之"阿拉"上海人做啥事喜欢讲价钱，听说安吉农家乐便宜又玩得开心，就纷纷往安吉涌，自然到余村和春林山庄的也多了起来。

春林赶上了好机遇。"2007年，县上提出用五年时间再造一个安吉，我自己给自己也提出三年再造一个山庄。所以又在原来基础上翻建农家乐，这回投入六七十万元，房间增加到27间。你问为什么不再多一点？因为27间正好可以安排一大巴车的客人。"春林说，"当时一百块吃住三天，干活全是自己家，菜是自己的，小工是自己做，所以别看一百块吃住三天，仍然能赚钱。客人也喜欢，来的人每个月每年都在增加。"

春林夫妇生意做得红火，感染了村上的人。邻居学着春林的样，把自家多余的房间腾出来改装成客房，试着接待客人。这么着，有的客人就住进了春林山庄的隔壁。但有人第一天住进，第二天就要求退房，来求春林，说希望住到他们的春林山庄。春林一问，原来是客人觉得那些农家乐服务质量和设施有问题，比如厕所是公用的，比如房间与房间之间缺少私密空间，等等。

"我们村上的人都是农民，他们不懂城里人的一些生活要求，也不懂得啥是私密之类的事，所以我发现后，便想着如何帮助邻居们一起发展比较正规的农家乐。但这事没那么简单，每个家庭的情况各不一样，人的素质也不一样，让他们统一用我潘春林家的也不现实。怎么办呢？都到我家来，也不是个事，听起来我收的客人越多越赚钱，实际上并非如此。比如我一见有的时候一下来了上百人，我没有房间，就马上扩建，一扩建就得花上几十万、上百万吧？可这回房子扩建了，你就能保证突然客人又来了几百人，还是装不下怎么办？再扩建？这样循环也是大问题……"

"后来你怎么解决的？"

"我解决了！"春林说，"我想光跟着客流量靠我自己一家不断扩建，肯定非砸不可，到头来看上去我客源滚滚、一年忙到头，但弄不好不仅不赚钱，还因为不停扩建而欠债累累。"

春林果然聪明。他想出的办法是：跟邻居商定，你服务不到位，单独招客人生意不稳定也不一定赚钱，那你纳入我春林山庄统一管理。客人来了统一算我春林山庄的，你的客房也算我们合用，你原来一人一天收100元，现在住你家的50元我给你，吃饭在我春林山庄的50元归我潘春林。邻居觉得春林这样做好，于是春林和周边的几户邻居有了很好的合作。他春林山庄的客房，从此除了"1号楼"（他自家的），又有了"2号楼""3号楼""4号楼""5号楼""6号楼"。

就是说，春林一户农家乐，带动了五六家邻居全都成了农家乐。

"是这样。"春林说，"现在山庄的客人一到旺季，每天多达上千人，我潘家的地盘再大也只能住上五六百人，就已经拥挤得不行了，还得靠乡亲和邻居们一起帮忙解决。还有，那么多人住在家里、吃在家里，起码也要三四十个帮工呀！"

"你春林也算给村上的人提供了就业机会嘛！"我说。

春林有些得意："应该算。帮工整理整理房间、洗碗洗菜，年岁大一点的婶娘婆婆都可以，一个月三四千块工钱，也是不错了，是可以拿回家的净收入。"

"听说你是安吉农家乐中第一个有自己的旅行社的？"

"是，我的旅行社叫天合旅行社。自从习近平总书记给我们指引了一条致富的康庄大道后，像老天合中我心意一样，山庄生意越做越火，钱越赚越多，所以我给起了'天合旅行社'，希望沿着习总书记指引的路永远走下去，越走越光明。"余村的潘春林越来越自信了。

"生意做大了，你不懂一点经济和政治知识，那绝对不行。我们余村的绿水青山一天比一天值钱，一天比一天贵重，身在其中靠绿水青山过日子、发展致富的人，不懂得发展理念和未来方向，再好的日子、再好的生意也不能持久。这点我有体会，之所以我们春林山庄有今天，都是因为做到了不断将服务水平和服务能力及时有效地向新的台阶提升。"春林说，比如他有了自己的旅行社后，客源不再靠东拉西喊的散客支撑，而是直接开通了余村到上海市区的线路，大巴客车就是他"天合旅行社"的。

"现在天天都有从上海到我这儿的大巴客车，从上海出发，两个来小时就到我山庄了！"让春林颇为自豪的是：客人到余村的春林山庄后，不用出他春林"家"，你想玩几天、吃遍安吉美食、玩尽"最美乡村"的话，"皆由我负责"！

"你有了孙悟空的能耐了？"我有些惊讶。

春林满不在乎，说："只要在安吉，这些事我全包……"

原来，他现在不仅有山庄，有旅行社，还是几个景区的股东，比如著名的安吉九龙峡，"我是那里的大股东！"

牛！余村农家乐的潘春林现在确实够牛。

我知道，今天的春林山庄，不单单接待一般客源，而且现在已经把重点放在了中高端的中青年客源上。来的客人，随手打开微信，就可以找到安吉最美乡村游的春林山庄。

"过去我们的农家乐，只赚吃住的钱，现在是吃'产品'钱。我们在几年前就响应县里的要求走精品之路。"春林一边跟我说话，一边不停地看手机，"客人电话过来时，就已经把钱打了过来，这种生意做得比较惬意。当然，你得把服务跟上去，才能保证客源像山泉涌动，源源不断。"

我有一个疑惑："毕竟余村和安吉这样的地方，属于江南地区，到了冬季旅游淡季时，你的生意怎么做呢？"

春林抿着嘴笑，片刻，抬起头说："这个担心村里人曾经也有过，但后来他们全不为我担心了，反说我春林做生意做绝了……"

"怎么讲？"

"一到淡季时，我就把到上海拉客的车子开回来，开到余村和安吉县城里，我就把想到上海、杭州和苏州玩的村里人、安吉人拉出去，让他们半价坐我的车到大城市里去玩，吃的、住的甚至玩的还都是我'天合旅行社'来安排，比别人安排的便宜一大截……"

"哈哈，你还是赚钱嘛！"

"是这样！"春林笑。

这农民的身上满是经济学。

安吉县委领导几次在吃饭的时候，不经意间跟我说了几个数据：整个安吉，至少有 3000 家农家乐，从业人员达 30 万人，收入嘛……哈哈，还是不说的好，藏富于民嘛！

我在想，仅此一块，安吉人已经做到了"绿水青山就是金山银山"。你想想，假如每户农家乐，一年赚上二三十万元，3000 家总共应该是多少？换成金子银子放在你面前，有没有"金山银山"的感觉！

潘文革书记告诉我，现在余村共有农家乐 30 家。"一家开店，三五家劳力在帮忙、赚钱，这是一种致富模式。"他说。

对整个安吉而言，余村的农家乐，仅是一个缩影。我甚至感到这块土地上的每一户农家乐都是一块令人爱不释手的宝玉，它光艳明耀，又各具特色，享受一次，就会醉倒一回。

那天从余村的春林山庄采访出来，安吉宣传部的同志提出让我"领略"一次大山深处的农家乐。我欣然接受。

几十分钟后，我们进入了一片深深的山谷，到了一个半山腰的地方停下。

"何主席，'老树林'欢迎您！"在一块醒目的招牌前，宣传长陈旭华女士热情地向我伸出手来。

有意思。大山深处有这一坊"老树林"，真是意外又令人好奇。当我在此落停住下时，再细观这家悬在山崖之上的农家乐的全景，不由得心潮起伏：连绵的大山，满目皆是翠竹绿林，山谷间吹来的阵阵清风，爽透肺腑。在此吸一口气，能荡除腹中经年之浊，一切疲劳和烦恼在此似乎永远不会存在。尤其是夜泊"老树林"，那种出奇的静寂，叫你有种进了深深的渊底之感，竟还有些空荡与恐慌。由于负离子特别丰沛，第二天醒来的时间，我一看，竟然比平时晚了近两个小时。再站在栖息的小凉台上伸伸懒腰，全身上下像换了个人似的那么轻松、舒展。

这时，看到几位"老树林"的女服务员正在忙碌着给我们做早餐，便过去与其交谈。

"嗨，你们都是大姐级的服务员啊！"我见她们都是四五十岁的大嫂大婶，不由更加好奇，"这农家乐是你们开的吗？"

"不是，以前是德清的一个人来承包的，后来又包给了上海老板。"她们笑嘻嘻地给我介绍。

"噢——"我看着一栋栋形态各异的"老树林山庄"别墅问，"以前都是你们的房子吗？"

"是。"一位显得年轻一点的妇女回答说，现在的其中一栋是她家的老房子。前些年承租给了现在的"老树林"老板了。"我用租金在山底下买了新房子，因为儿子媳妇都在镇上上班，小孩子还要到学校上学……"

"这么好的地方，你们为啥不自己办农家乐呢？"我有些疑惑。

"开始是我们自己办的，这里风景好，前些年有外地人来深山里探险，常常住在我们这里。时间一长，我们各家就都开起了农家乐。后来被大老板看中了这里，所以跟我们谈合作经营更高档次的农家乐，这就是今天的'老树林'。"

原来如此。从这些女服务员口中知道，现在的"老树林"在上海等大城市和探险界名气可不小，特别是周六周日，客房满满的。"我们觉得很开心。白天在这里工作，拿旱涝保收的工资，晚上可以回家干家务活。自己的老房子也能每年有收益。"

走出"老树林"山庄，漫步在山村的盘山公路上，我清点了一下，这个悬在半山腰上的自然小山村，现在基本上全都改成了农家乐。住在上面的百姓已经很少，倒是说着各种方言的游客很多，他们与我一样，兴致勃勃地在清新的晨曦中散步、观景……

"太美了，简直就是人间仙境！"游客们不禁一声声惊叹。

上午 10 时许，在离开"老树林"时，我抬头远望，见前面仍然群峰耸立。出"老树林"村口时，路边有一块小木牌子的一个向上的箭头写着：九亩田。

"山上面还有好地方啊？"我不禁问。

　　陈旭华部长笑："最好的风景在山的最高处。九亩田，应该是山川乡最值得去的一个地方！这次何作家您的行程太紧，下次您来了我们去感受一下九亩田的农家乐……"

　　太遗憾了！我口中说着"行行"，心里满是叫"亏"。

　　陈旭华部长告诉我，像九亩田那样的美景地还有很多，而这些地方都有各具特色的农家乐。

流金的小溪

　　在得知余村潘春林的农家乐满满"金""银"装口袋时，我就在想：如果余村经验遍及全国，"美丽乡村游"也成为中国贯彻落实习近平总书记"两山"理论的中国新农村建设的一道特别亮丽的风景线，那么它的经济效益到底有多少呢？

　　也正在这个时候，电视新闻里正播的一个数字吸引了我的眼球：2016年，我国休闲农业和乡村旅游接待游客近21亿人次，营业收入超过5700亿元。

　　5700亿元是个什么概念？不知。我只知伟大的三峡工程当年因为要花1000来个亿，举国上下整整争执和论证了一二十年方确定上马。二十多年前中国经济自然比现在差许多，然而即使在今天，5700亿元仍然是个大数字，大到我不知用什么来形容它是什么样的山、什么样的峰……

都说文人没有数字概念，我也一样。不过如今手机"搜索"可以弥补我们许多知识的缺陷。"搜索"结果：黄金每克大约300元人民币（随时浮动），1千克就是30万元。5700亿元能买多少公斤黄金呢？约二百万公斤！

你见过二百万公斤的黄金吗？估计在金库工作的人都没见过。那我想象：二百万公斤的黄金放在你面前，是不是座闪闪发光叫你心跳突然加速的高高的金山啊！

如此比喻和计算，是让我有可能从直观的角度，将习近平总书记当年在浙江提出的"绿水青山就是金山银山"重要思想，形象地告诉读者和我们的广大人民群众，那真真是一个高瞻远瞩的英明之见，为人民带来了实实在在的福祉。

我以为在余村这么个小山村，潘春林吃"绿水青山"之饭，吃出了很难有人可比的、人人羡慕的"金山银山"。但我错了，错在实不该小看了余村人，当然更看低了"两山"理论为余村和安吉乃至整个浙江大地所带来的影响力与推动力。

余村的另一个故事应该从穿过村子的那条"余村溪"讲起。

如果问余村和安吉的山有多美，你可以用尽天下文字描述，因为这里的山虽不高，但却景致别样，千姿百态，什么样的形状皆可寻觅到。自然我们赞叹高入云霄的喜马拉雅山，也会被黄山的奇峰怪石震撼不已……天下峰峦岩崖，各显风流万万年。显然，小小余村的那几座几百米高的青山，无法与诸多名山相比，但大致代表了安吉一带浙北丘陵的特色。有道是，"山不在高，有仙则名"。余村和安吉的山中之仙在何处，为何物，这需要你拾阶而上，身临其境方可知也！

那一天，村干部领我沿着蜿蜒崎岖的山路向上攀，几阵喘息之后，我们登上余村一座峰顶。"你看，我们余村像不像一只金元宝？三面是山，一面敞亮，众峦中间是一片狭长的平原，生息着我们余村的世世代代……"村支书那天情绪格外饱满，怀揣一份对家乡的特殊情感，他指着眼前和脚下的余村万千风物，如此说来。

小山村确实很美，尤其是漫山遍野的绿林青竹间那片片升腾而起的漫雾乳云，带着溪流的湿润和泥土的芬芳，顺风扑鼻而来时，令人心旷神怡。如此的山，如此的地，如此的小小余村为什么充满毓秀之气？我举目远眺，又回首俯瞰时，眼球一下被山峦间的一道哗哗作响的溪流所吸引——那溪流从半山腰处袒露身姿，然后沿叠叠岩崖顺势而下，时而在岩缝中细流涓涓，时而在峭崖边奔腾咆哮，又时而在平如桌面的宽阔岩石边像白发仙女一甩秀发，形成锦织一般的瀑布；或突然又隐藏于沟谷深处，不见其闪光盈盈之身，只听其屑金碎玉之声……

"呵，我找到了！找到了！"那一刻，我情不自禁地叫了起来。

"找到啥啦？啊，你找到啥啦？"陪同我的余村老乡有些吃惊地问我。

"我找到你们余村众山的'仙'了！"我说。

"哈哈……真有仙啊！"

"有啊！那不是'仙'嘛！"我指着远近处一条条哗哗作响、流彩闪耀的山间溪流说。

"嗯，这你还真说对了！"支书频频点头说，在余村，在安吉，通常向客人介绍时都会说这里一分地七分山，还有二分是溪流。这"一分地"想养活我们这些人是难事，那"七分山"若没有水的滋润，也等于是石头一块，啥都不灵。溪谷之水是决定我们山村和安吉庶民百姓能不能活下去、活得好不好的仙灵之物！

是的，当采访步步深入之后，我渐渐对余村和安吉山地间的潺潺流水产生了特殊感情——原来它们不仅是大自然衍生的灵性之物，而且还是今日之余村和安吉百姓依靠"绿水青山"幸福致富的活水源头……

我的认识始于初日访余村的感受，但结论则是在一位余村"大仙"那儿。此"大仙"不是别人，乃余村村民胡加兴。

见胡加兴之前，先见了让他龙腾虎跃、幸福生活节节高的"余村溪"——那条穿村而过的溪流，俞小平称其为余村的"母亲河"，这不为过。余村数百户人家，基本都紧邻此溪而居，几百年皆如此。吃的喝的用的洗的，从没有离开过这条溪流，即使是在冬天，虽然溪水无法与夏日的滚滚洪流相比，但仍然足够供给村上几千人畜使用。我去时正值清明时分，此时的余村溪，尚属弱流，偶然在春雨过后，方见湍流奔涌，但平日之水，显得非常温顺平和，犹如一位刚刚醒来的秀女，懒散中带着几分随意。即便如此，仍可以看出它磅礴汹涌时的那种气势。三四米宽窄不等的河床，从远处的峻岭沟壑间搭台阶而下，流淌于小村中间，再弯弯折折，与万千条安吉其他溪流，一起汇集于西苕大溪之中，形成奔腾不息的巨流，势不可当地，入太湖，经浦江，再扑入东海……

这只是我眼见和想象中的余村溪，一条让小山村百姓生息的源流而已。

"胡加兴靠这条溪可是发大财了！他搞的漂流远近闻名，日进斗金哩！"俞小平这么说，我有些不信。因为在我的意识中，能进行漂流的地方一定是名山名川，这小小余村，区区乡间小溪，何能漂流？

站在村边的溪岸，望着河床上那断断续续流经裸岩间的涓涓水流，无论如何我也想象不出这样的地方竟能让玩遍了世界、玩够了刺激的上海人、杭州人和我苏州老乡如痴如醉地来玩"乡间漂流"。

主人公胡加兴出现了！

"小看我们山里人了吧！"这是一位少有的乡间风流倜傥的人

物：五十开外的人，依然英姿帅气，关键还总挂着一脸笑相。好像谁说过，通常这样的人能发大财！

胡加兴听了我这么说，更是笑得合不拢嘴。一旁的俞小平说，他胡老板这些年靠村前这条滚滚而流的溪水，满口袋满口袋地装进银子，现在是余村的"富翁"，他每天做梦都要笑醒，换了我也一样。

"是是。过去没发财时，我的脸上满是苦相。尤其是在矿上和水泥厂做工时，你想笑也笑不出来，笑比哭还难看——整天被泥巴、烟尘糊了满脸，只剩下两只眼球子还表明自己是人……"胡加兴说，他在十七八岁时就到了矿上当窑工，他的父母也在窑上。"那个时候，能到矿上、窑上干一份活，也算是比扒土种地的高一招呢，因为能拿工资呗！"

"但矿上的活实在太苦，即使比种田的多拿几个钱，但肯定寿命要短好几岁。所以后来我单干。自己买了一辆三轮车，在矿上贩菜。"胡加兴说。

看不出来，这么个搞漂流的大玩家，竟然是当年在工地上贩菜的出身啊！眼前这位乡间漂流大侠的往事让我有些疑惑。

"没错，别看胡老板现在财大气粗，豪气冲天，想当年也是淌着汗水、低头推着小三轮到处吆喝的菜贩子哩！"俞小平与胡加兴是从小一起在村里长大的，话里话外，无不透露着那种直接与爽快。

　　财富积屋的胡加兴对他人的任何评价已经满不在乎了，依然笑逐颜开。碰巧，我们去他家时，他儿子刚结婚不久，胡加兴的妻子仍然着一身大红的衣衫在堂里堂外招待客人——胡氏山庄的规模仅次于春林山庄。但对胡家来说，二三十桌的农家乐并不是主业，是漂流的副产品。

　　胡加兴自始至终也没有把自己家的农家乐放在嘴上，他的心思全在激情澎湃的如漂流一般刺激的这一二十年的生意经上……

　　"我这一二十年里，干过活、走过路，可以说是天南海北、地狱天堂，村里的人说我从来没有踏空过，但我知道，真正让我顺风顺水的，还是从蹚上了这条溪水之后……"我感觉胡加兴的这话，落在余村这块土地上，似乎格外掷地有声，也特别有深意。

　　"村里开矿时，我骑着三轮车，从县城把菜拉回来，再到矿上去卖给那些没有时间出去买菜的乡亲们。一天拉满满的一三轮车，鱼、肉、螺什么的，一斤赚几分钱，一车菜卖掉能挣五六十块、六七十块。矿上工作一天四五十块，我拣个省力些、少危险的活计，还能一天多赚十块八块。在村上开矿的年份里，村民们拼死拼活地干，我是起早摸黑地卖，图的都是肚皮刚刚吃饱，外加口袋里有几个零花钱而已，但大家的身体差不多垮了、坏了。污染实在太重，整天看不到晴天……"一直挂着笑脸的胡加兴说到这儿神色凝重起来。

"当时我就想着离开余村，出去闯荡，但乡下人尤其是已经拖儿带女的乡下人，想离开自己的家谈何容易！"胡加兴说，"好在我不是卖菜脚下有轮子嘛，所以后来到德清去贩猪苗，就是贩卖小猪崽。"

"德清是安吉的近邻，它们那儿的幼猪市场很出名，我们安吉这边的养猪人比较信德清的猪种，所以我就做起这档生意，几天贩一批猪崽，一个月赚回万把块。"胡加兴抹抹嘴说，"按理说一个月赚万把块钱非常不错了。但从我们这儿到德清要翻山越岭，路况不好，听说中途常常有不三不四的黑道上的人捣乱，你提心吊胆辛苦一个月，弄不好只要有一次碰到这黑道上的人，等于整个月白忙活，能捡回一条小命算福星高照。差不多一年后，家人再不让我干了。"

回到家里，望着屋前哗啦啦流淌的溪水，胡加兴左思右想着再干些啥能有个好日子呢？听说天荒坪镇的水电站开建，每天都有上万人从山下到山上、又要从山上往山下走，载人拉客肯定能赚些钱！胡加兴这么想。

于是他把装货的旧小三轮车换成能载人的新三轮车，开始了"工地客运"生意。天荒坪水电站工地上，人山人海，可谓每天洪流滚滚、浩浩荡荡。余村的胡加兴就成了这支混杂纷乱的民工洪流中的沧海一粟，疲于奔命地飞奔在天荒坪岭与县城之间的崎岖山道上……后来，他把三条腿的车子换成了四轮车。

"13个座位的车子，有时要拉三十多人，而且是在山路上行进，你说危险不危险？可有啥办法，既然上了路，死活都是听天由命。"胡加兴长叹一声，"那个时候，我和搭乘我车的人一样，今天不知明天……"

一些日子后，水电站建好了。胡加兴的车子又换了。他把拉民工的车换成了出租车，干脆上县城开出租车去了。

"我们安吉县一二十年前还是非常落后的。当时全县城只有40辆出租车，但已经有不少老板在做转椅生意，跑杭州的比较多，可他们多数又没专车。我想开出租车一定是不错的生意。"胡加兴的"车子经"练到了家。

在安吉县城开车只有三块钱起步价，仍然生意惨淡。胡加兴就瞄准一家做转椅的老板，甘心情愿地被"包"——专司为该企业跑外地业务。

"这生意能养活自己，但根本养活不了全家！"胡加兴又在屋前的溪河边长吁短叹，这日子到底怎么过，他的眼里充满了惆怅。

家对面的水泥厂仍在冒着浓雾一般的烟尘，仿佛像一顶沉沉的黑锅将胡加兴的心重重地罩住了，罩得他喘不过气来。

"日子总还要过吧！"这回胡加兴咬咬牙，狠了一把：把出租车卖了，把所有家底都拿出来，到县城买了两套房子、一个店铺——干脆离开余村，到城里做卖鞋生意。

哪知这开惯了"轮子车"的胡加兴，重新穿"鞋"走路，怎么也走不顺。不久，他的鞋店关了门。

还是回到"轮"车道上吧！

胡加兴一赌气，这回他换成了一辆奥迪。聪明的他，将这辆"官样"的私车整租给了县上一家园林公司，一年收其用车费用。"人家养车不养人，省下一份开销。"胡加兴解释，"还好，一年下来，十几万元收入，但绝对富不起来。"

时间到了 2005 年。"这一年被这条溪吸引了！终于扔下了轮子，顺着这涌动的溪水，开始走上一条捡金子的致富道路……"胡加兴从凳子上坐起，指着屋前的溪河，脸上笑容大开地说。

"有一次我跟园林公司的老板到宁波办事，看到一条溪河里有许多人在漂流，很好奇。一打听，说还很赚钱！我是蛮有生意头脑的，所以就仔细看了看那条漂流的河道，觉得跟我家门前的溪河没什么差别，如果说水的落差，可能还不如我村上的溪呢！他们能搞漂流，我在余村、在安吉为啥不能呀！"胡加兴自己讲，"这一次看漂流，是我有生以来最心动的一天，心想，前些日子，村上的干部还在说省里的习近平书记到了咱余村，说如果咱们把山变青了，水变绿了，我们百姓就等于可以往口袋里装金子银子了！当时大伙儿还不太明白，怎么个就能把绿水青山变成金子银子呢？我的妈呀！想到这儿，我猛地拍了一下自己的大腿：如果把我们家门前的溪河改成也能够漂流的水道，这不就是绿水青山变成金山银山了嘛！那天我向村里汇报了我的打算和想法后，鲍书记高兴了，说加兴你这个思路好！余村如果在自家的溪河上搞起漂流旅游项目，不仅使我们余村闯出了一条致富之路，而且对整个安吉都是了不起的好事，安吉境域内有多少条跟我们余村一样好，甚至更好的溪河啊！"

"村里当然非常支持加兴的想法。"俞小平说，自习近平书记在省里提出"生态立省"后，尤其是在余村首次提出"绿水青山就是金山银山"起，浙江全省上下都轰轰烈烈地加入"千村示范、万村整治"的新农村建设活动中。"治理河道、让水干净起来，本来就是我们村里要做的工作，加兴提出整治溪道，搞漂流旅游项目，对村里来说是一举两得的好事，所以非常支持他。"

"农村人玩过水，但从没人搞过啥漂流，开始村民们帮我干活时，就嚷嚷说：这回加兴是要把我们扔进河里了，干了也是白干呀！意思是说，我干这漂流项目肯定要赔大本，到时连他们的工钱都给不了。"胡加兴苦笑着摇头道，"老百姓最讲实际，后来我对大家说，你们尽管放心，在我这儿干活，干一天我就给一天工钱，当天结清！你们只要按照我的要求，努力干活就是，其他的啥也不用管。"

有胡老板这句话，大伙儿总算把心放了下来。余村溪河其中的一段流域按漂流的要求改建和整治完毕，2008 年 5 月 1 日，余村"荷花山漂流"正式开张。那天胡加兴动员全家老小外加几户亲戚，一齐充当漂流管理人员，同时村干部也跟着义务上岗——那可不是闹着玩的，一旦漂流有淹人、伤人，甚至死人的事故出现，传出去不仅胡加兴完了，整个余村也可能因此翻不了身哪！

村小学方校长开始最反对胡加兴搞漂流，说弄不好"死人"怎么办？咱余村干什么都行，非得玩水？老校长生气的不仅仅是这，他孙子爱动，一听说"胡老板"在开张的前几日搞"免费漂"，吵着非要去"漂"不可。方校长气得口中直嚷嚷：老朽不信这玩水能玩出名堂！现在自己的孙子要去"冒险"，他老人家无奈跟着到了漂流地。

"爷爷，你也来吧，来吧！"孙子坐着拿着皮筏，在水中又蹦又跳，任性地非要爷爷跟他一起漂。

"我才不呢！"老校长又气又恼，可又紧张地担心孙儿在水上不安全，于是在溪边时退时进，左右不是。

"老校长，您不妨也去试试。我保证您老绝对安全……"胡加兴见后，毕恭毕敬地过来请老先生。

"我才不上当呢！"方校长一扭脸，生气道。

"哎呀爷爷下来吧！可好玩呢！快快……"哪知孙儿撒娇，不管三七二十一将爷爷拖到了水里。

"这这……"

胡加兴乘势将方校长扶到漂流筏上，只见一股湍流自上而下奔腾起来，那载着方校长和他孙子的漂流筏随波逐流地顺倾斜的地势向远方漂去……

"啊哎——"

"哈哈……"

溪流间，水声伴着叫声与笑声，震响在绿水青山间，好不热闹。

"校长放心好喽！我们在岸上看着您呢！"惊恐中的老校长见岸头的堤上，穿着救生衣的胡加兴随漂流筏正寸步不离地奔跑着、呼喊着。

"不用你跑啦——"几分钟后，方老校长突然冲岸头喊道。

"什么？"

"不用再追了！我很好，很安全——"

这回胡加兴听清了，也笑了。他看到水中的"犟老头"方校长正像孩子一般地跟他孙子一起"漂"得开心极了……

"太好玩太刺激了！"这是老校长第一次漂流后一边摇头一边不停说的一句话。老人家像喝了酒一样兴奋，好几天搁不下这句话。

"现在每年漂流开始后，他憋不住要来漂上几回……"胡加兴乐得合不拢嘴地告诉我。

有趣！真想看一回老校长的"漂姿"和"漂态"，那一定是个异常欢快的景致。

农民办漂流本来就是一件新鲜事，"第一个吃螃蟹"的胡加兴，把余村的乡村漂流搞得风生水起，实属不易。说实话，我最担心的并不是有没有人到余村来漂流，而是农民们办这样的惊险性游乐项目，会不会在安全方面出问题，人命可是比金子还要贵重的东西啊！

"向何作家报告：2008年我的漂流开张到现在，近十年里没有出现一次生命安全事故，就连骨折啥的都没发生过。"胡加兴非常硬气地对我说，"当然，擦破皮、流点血的情况还是有的。总之，大的安全事故一次都没发生。"

"这就让人放心了！"擦破皮流点血在漂流这样的剧烈运动中是不能算事的。听了胡加兴的话后，我松口气的同时，更对余村农民深怀敬意。

"别看胡老板这个时候很潇洒，你到漂流现场看看，他就是跳上跳下的猴子！"一旁的俞小平看了一眼胡加兴，窃笑道。

胡加兴用手指指点点俞小平，依然满不在乎地说："给你看看一段我在漂流现场的工作情形……"随手，他打开手机视频给我看。

那里面的胡加兴，身穿红色救生衣，手举喇叭，一边哇啦哇啦地喊着"注意事项"，一边骑着小摩托在溪岸头奔跑着，看不到半点儿的潇洒，确实像个只顾头不顾尾的山猴。"没办法，责任重啊！真要有一个人、一群人在漂流中出个三长两短，我这小命能担得起吗？"

潇洒的"漂流老板"其实压力特别大。这一点只有胡加兴自己知道。"游客玩一趟，乐得前仰后合，恨不得躺在河滩上抓起啤酒瓶再来个一醉方休。我呢，一天在河道上至少要跑上下三五回，这只是看得到的，看不到的事你知道还有多少吗？突然间老天爷下一场大雨起了洪水咋办？年轻的小伙子们在水里开仗了你也得管啊！总之，玩漂流的游客寻找了一回刺激，而我这办漂流的老板则要操10倍的心，不能有半点马虎，不能有分秒麻痹。"胡加兴动情地说。

"没打过退堂鼓？"

"没有。漂流玩的就是心跳，我搞漂流的人不玩心跳就吸引不了游客来玩这心跳的项目！"他的话似乎有些道理。

胡加兴"靠水吃饭"的生意后来越做越大，"荷花山漂流"在上海打出的宣传广告也蛮有名气，喜欢这项运动的上海人十有八九知道"最美乡村"的安吉有个"荷花山漂流"。

"游客最多的时候一天两三千人。"胡加兴的脸上放着光说。

"那不等于像煮饺子似的！"我说。

"哈哈……你这个比喻贴切！"

"胡老板这个'漂流'搞起来后，把我们余村青山绿水的水平也一下提升一大截。"俞小平介绍说，胡加兴和余村的这个漂流项目在安吉乡村游中是同类项目中最早的一个。在安吉的数百个崇山峻岭间，有许多可与余村溪流媲美的溪泾河道，"但并不是落差越大、沟谷越险峻就越可以开展漂流的。能够把漂流作为运动与旅游项目的关键一条，首先是需要水质清澈干净，水温适中。我们余村的溪流做起了漂流运动与旅游，这从另一个角度也证明了我们这儿的山水生态环境达到了相当好的程度"。

于是乎，在余村漂流的带动下，安吉农民的漂流项目在几年时间里纷纷开办起来。现在，整个安吉有名有姓、在旅游和环境部门注册挂号的漂流点就有十来个，它们是——龙王山漂流，全长4公里，途经30个弯道、56个滑道，真可谓峰回路转，刺激无限；深溪悬崖漂流，又称"江南红旗渠漂流"，系华东地区唯一的规模最大的高山渠道漂流，其情景恰似"人间天河"，妙不可言；石马湾漂流，是利用水库下游的水流开发的漂流点，沿途两岸绿树婆娑，鸟鸣虫唱，情趣无限；将军关漂流，130米落差，构成惊心动魄、层出不穷的险境，适合年轻人和勇敢者探险；黄浦江源漂流，安吉水质最好的漂流点，外加特设的 5 大闯关项目，更加玩趣非凡……

　　曾经有一位诗人在安吉三天中玩了 5 处漂流，后来诗兴勃发，举杯对月，曰：

　　　　宛如踩着云

　　　　从天上来

　　　　瞬间，又浮在山顶

　　　　又落入渊谷

　　　　魂出了窍

　　　　心已被自由

　　　　流放

　　　　忘了烦恼

　　　　忘了股票

　　　　忘了世界

　　　　只记着安吉

　　　　是个最好的地方

　　这位诗人后来每到一处，都要吟诵这几句诗，他说绝非有意给安吉做广告，而是安吉的绿水青山之美太让他难以忘怀。这位诗人的作品，让我想起了另两位大诗人，他们分别叫白居易和苏东坡。杭州现在有那么大的名气和"天堂"美誉，很大程度上是因为白居易的"江南好，风景旧曾谙，日出江花红胜火，春来江水绿如蓝。能不忆江南？"和苏东坡的"欲把西湖比西子，淡妆浓抹总相宜"这些诗句。上面这位诗人的诗作虽不能与白居易、苏东坡的诗相比，但有这句"忘了世界，只记着安吉，是个最好的地方"便足够给力了。

伏案写作时，我特意在网上搜索了一下，点击了"安吉""漂流"两个关键词，何曾想到出来许许多多到过余村和安吉玩过漂流的游客所写的"漂流游记"或"漂流日记"，从其言语中可强烈地感受到游人已被安吉漂流之趣深深吸引。

漂流对于漂流者是一种放松、刺激、冒险和新奇的体验。很多人跟我说，只有亲历一次漂流运动后，你才会感受到前所未有的心灵与身体的特殊触动，有时这种"特殊触动"的体验，会改变和解脱人的许多问题与弱点。"人是大自然的一部分，当我们真正回到自然界的时候，那些日常生活中所沾染的顽疾会在一定过程中获得释放或者消失。因此我们要特别感谢那些为自然界争得美丽的人们，他们的辛勤努力应当受到尊重与倡导。"一位自然科学家如是说。

"当代陶渊明"史话

到余村采访的第二天，步至村尾，二三百米的田间有一幢农舍和一片塑料薄膜搭起的菜棚，格外醒目地跃入眼帘。再仔细一看，原来是"金宝农场"。

"主人是咱余村的'生态公民'，我们俞氏本家村民俞金宝，他家的农场……"俞小平说着就带我前往。

"慢点慢点，刚才你说他是……生态公民？"我突然止步，拉住俞小平，求其解释。

"是，生态公民是前年一群老外到他家给他起的名。"俞小平的脸上露出了骄傲的笑容，"在余村，生态公民比过去'农业学大寨'时的'五好社员'还吃香！"

生态公民，听词意很容易理解，但到底什么样的人和什么样的生活状态就算是生态公民呢？令我很想探究一番。

"这就是生态公民俞金宝。"一进农场大门，俞小平指着迎面而来的一位着灰色装的中年男子介绍道。

"果不其然，满身生态！"我打趣地跟浑身上下都是泥巴的农场主人边握手边开玩笑。

"不好意思，今天有 2 个葡萄棚要搭起来，弄得身上全是泥。"长着一对虎牙的俞金宝满脸羞赧地搓着手，一看就是个老实本分的农民。

"这四周是金黄色的油菜花和绿油油的蔬菜地，就你一户居于田园之中，此乃真正的田园生活啊！"我看了看俞金宝的农场内置，原来是几间草叠土搭的房屋，很原始，也极生态，不由触景生情地哼了句陶渊明的诗句："采菊东篱下，悠然见南山……"不曾想到，在一间小木屋里立即飘出一串清脆之声："莫笑农家腊酒浑，丰年留客足鸡豚。山重水复疑无路，柳暗花明又一村。箫鼓追随春社近，衣冠简朴古风存。从今若许闲乘月，拄杖无时夜叩门。"谁在吟诵陆游的《游山西村》诗啊？

"我的客人，杭州来的大学生。"俞金宝忙说。

"世味年来薄似纱，谁令骑马客京华？小楼一夜听春雨，深巷明朝卖杏花。矮纸斜行闲作草，晴窗细乳戏分茶。素衣莫起风尘叹，犹及清明可到家。"嗨，这是一个小女子的声音。她吟诵的是陆游的另一首田园诗《临安春雨初霁》。

"莫不是你这儿是田园诗地了啊!"听着朗朗吟诗声,我忍不住惊叹起来。

俞金宝有些不好意思:"我没念几年书,听不太懂他们叽里咕噜。来我这儿的城里人,都喜欢在我这儿一边看着景,一边摘着葡萄,一边嘴里哼哼叽叽的。时间长了,两天听不到这吟诗声,心里就有些发慌,怀疑自己哪儿服务不周了……"

我笑了。俞金宝真是个老实巴交的农民,虽没有多少文化,但心像秤砣一样实在。

年轻时,俞金宝也是余村石矿上的一名苦力,他开运石的拖拉机。"1吨载重的车子,我们常常要装八九吨!石头装过头顶好几尺,不开动车子都看着心悚,一发动车子,摇摇晃晃地在山道跑着,你不知道啥时车上的石头砸到你后背和后脑勺上……"到矿上干活时,俞金宝刚满二十三岁,明知干这运石的活儿危险得要命,但为了一天能多挣一两块钱,他也加入了这"棺材边爬进爬出的活儿"。

"没办法。那个时候,为了挣钱,就是不要命。我们当农民的命也不值钱。"俞金宝说,跟他一起到矿上干活的另一名拖拉机手,就是在运石途中被滚下的石头压死的,一起被压死的还有一名帮手。

"后来我到了水泥厂工作,厂里虽说没有在矿上运石危险,但更不是人待的地方。"俞金宝说,"那是短命的地方!"

"嗯?"我不懂。

"污染太严重。一天干下来，鼻孔里能倒出好几两灰……我们村上许多人得了肺病，或者残疾，还有的不到四五十岁就见阎王去了。"俞金宝想起往事，连连摇头叹气。

"所以后来村里关掉石矿、搬走水泥厂，我双手赞成。"俞金宝不是个能说会道的人，但讲述自己的亲身经历时，也能倒出一盆子闪闪发光的珠子来——

"开始村里人确实也有很大的担心，因为我们余村过去是靠开矿办厂致富的，比起邻村，我们最差的也要算富的了! 但，一关矿、一搬厂后，大家收入一下降低了很多。一时间，大伙儿不知前面的路往哪儿奔。"俞金宝说，"后来村上向我们传达了习书记的话，说'绿水青山就是金山银山'。我们是农民，不懂太深的道理，可习书记这句话我们懂啊。就是说，过去我们开矿办厂能发财，但那样把山破坏了，环境搞坏了，人得毛病死掉了，结果啥都没有了! 那种日子，即使口袋里装满了金子银子，也没有用! 习书记的话就是说，像我们余村这样的山村，如果把山和水都恢复好了，城里人就会来; 他们来了，我们就有了金子银子，生活就会更好……我就是这样理解习书记的话，这些年也是照着习书记的话做的，一直没走过弯路，做到今天。"

"听说这儿连老外都喜欢上了!"事先听村干部介绍过俞金宝

的这个田园农场的情况。

"是。杭州开 G20 峰会时，省里组织了一批老外来我这儿，都是些欧洲人。据他们自己讲，以前一听中国的乡村，印象中都是些又穷又脏又落后的地方。哪想到他们一来就被我们村上的好山好水迷住了，而且都说在我这儿玩得最开心、吃得最放心，还夸我是'中国生态农民第一人'！这些老外来了又是拍照，又是摄像，很快把我这儿的一景一物传到了他们的朋友圈和国家去了，结果我一下子出了名！后来就经常接二连三地有老外来。看着生意好，村里的人非常羡慕，说我命里注定好福气，因为我名字里就有金银财宝……"老实巴交的俞金宝其实还有幽默的一面。他的话惹得众人哈哈大笑。

俞金宝的农场正房，是个"井"字形中式庭院，看上去很土。"老外喜欢这个样儿！"俞金宝一笑就露出一对虎牙，显得格外憨厚。他掀开侧屋的后门，引我踏进他的暖房——这下惊呆的是我，此处真是别有洞天：塑料暖棚下，有小桥流水，有鲜花盛开的花圃，有参天高昂的松柏，有露珠滴翠的笋竹，以及茶座、居室、观景亭……和与之连成一片的葡萄园、蔬菜园、茶园、竹林，还有一条两岸盛开着油菜花的清澈河道。

"原来金宝农场的宝贝全在这儿哪！"凡第一次观光者不可能不被眼前的这番景象所感染、惊喜。

"在我这儿，所有的东西都是生态产品。吃的、用的，基本上都是我自产、自种和自养的……"俞金宝很自信地说，"来我这儿吃喝玩乐的一切尽可放心，这里的东西都是有机和纯天然的，而且保证所有庄稼地里采摘来的、河里抓来的、棚圈里揪来的，都不会沾半点农药，绝对'生态'！"

"名不虚传的'俞生态'啊！"抓过放在桌上的煮笋，我边吃边夸这四季如春的生态房好。

"除了地里种的圈里养的，其他你们看到的，都是我女儿设计的。"俞金宝骄傲地告诉我，"她在南京上大学，学的是园林设计。"

"我说嘛，外行谁能设计得这么有品位，这么专业！"

俞金宝的生态农场最出彩之处，也是他远近闻名并且大把赚钱的地方，是他的"金三宝"。

"金宝，你快给何作家亮亮家底！"村干部俞小平扯了扯俞金宝的袖子，农场主竟然满脸羞涩地喃喃道："就是地里的这点白茶树、葡萄园，还有山上那些毛竹……"他指了指青山上绿油油的竹海。

白茶、葡萄、毛竹，这三样东西确实是俞金宝的三宝，因为它们是这位余村人致富和成名的金贵之物。青山上的百亩毛竹，不仅可以满足俞金宝一家最基本的开支，还可以保证他开设的农家乐饭店长年有吃不完的鲜笋及在竹园里养殖的活鸡等家禽和种在竹园里的菌类等菜品，更主要的是能让远方来的洋客人和城里人一年四季到余村来有得玩、有得景可赏。这不是宝还能是什么？第二个宝是百亩白茶树。白茶树是余村和安吉人除毛竹之外最重要的宝，俞金宝自然知道这点，百亩白茶园就是一个小银行。但这都不是俞金宝的得意之作。

"葡萄园才是。"俞金宝说到葡萄，就像说到他在南京上大学的闺女，立即喜形于色。

"我的葡萄跟人家的不一样，他们是在路边摆摊卖，十块钱一斤，我从不拿出去卖的，是客人到我葡萄园里采摘后按斤算钱。"俞金宝很得意这一点，关键是，"我的葡萄比城里和路边上卖得要贵，一般都在三十块钱左右一斤，而且供不应求。"

"为什么？越贵越有人要？"我有些不解。

俞金宝憨笑中有几分狡黠："不是。是我的葡萄很'生态'。"

"怎么说？"

"我的葡萄园里从不用农药和任何添加剂，一般的葡萄种植做不到。可我就是做到了，而且一直坚持下来，所以葡萄的口感和含糖量绝对与众不同。"原来如此，长着一对虎牙的俞金宝真不一般哩！

"可据我所知，凡是农作物，免不了有虫啊蝶啊的，你怎么对待这些危害葡萄的'坏蛋'呢？"我的问题虽然有些"幼稚"，但却是农民无法回避用农药的关键所在。

"你跟我来——"俞金宝说到这里，领我到了几十米远的葡萄园。

4月的葡萄园，新苗还不茂盛，只长到藤架上，不足够壮观，廊架间显然有些空荡。俞金宝走到葡萄架中间，一边掐着葡萄嫩头，一边对我说："在地里种庄稼，少不了虫子啊草啊，一般都靠农药或锄头来解决，但那样结出的果实和农作物里肯定残留些药物，对人体多少有些危害，可不打农药，不施一些添加剂，像果树、葡萄这类东西产量又不高，怎么办？尤其是像葡萄这些蛮娇气的植物，你还得经常松土除草，地里的营养不能被茂盛的杂草给抢了去。但葡萄园里又是棚棚架架的，人在里面活动多了，会破坏葡萄架，还会撞坏果实，又不能让杂草疯长、虫子满天飞……"

可不，还是不小的难题呢！"你怎么解决的？"我好奇地问。

"我在葡萄园里养鸡、养鸭，让它们吃虫子、吃蚯蚓、吃草……"俞金宝说这话时一脸憨笑，"结果虫子除了，草除了，鸡与鸭长大了，还生蛋，可以给客人供应味道不一样的土鸡咸蛋什么的。它们拉的屎又都留在田园里，当作了葡萄的肥料，这不是一举三得嘛！"

原来如此！"俞金宝啊俞金宝，你太厉害了！你不发财谁发财嘛！"我不由得连连惊叹。这个余村人太不简单，别看他一脸憨相，其实精明至极。

"也不是啥精，是当年习书记讲了'绿水青山就是金山银山'的话后，我们就在想：咱是农民，咋能把环境和生活弄成生态好的环境和生活呢？农民种地，过去没有想那么多，只是想着把粮食种出来、地里有收成，没人去想种的东西、吃的东西啥生态不生态，或者说生态不生态跟我没啥关系。可后来不一样了，我们余村以前靠开山挖矿挣钱过日子，后来矿关了山封了，靠啥过日子？干部说一句靠青山绿水，我们农民养家糊口过日子可不能只凭纸上几个字、嘴上一句口号，还得把纸上、嘴上画的饼，变成实实在在的能填饱肚皮，能变成可以给儿子盖房子、给女儿做嫁妆、过上好日子的真金白银是不是？！所以得想招……"

俞金宝其实很能说，尤其说到自己的经验，能滔滔不绝。

"村里的企业关停后，开始几年我自己也办过厂，在外地跟着人家学。后来听说村里的胡加兴搞漂流，人气旺得很，就有点眼红。于是就回到村里，也想着搞点既'生态'又赚钱的事。'绿水青山就是金山银山'，在我们这些农民眼里，就是想法让自己的地里家里变得干干净净、清清爽爽、有滋有味，能让城里人到你这儿来吃喝玩乐，蛮开心地住上几天；就是人家一批一批地走了，一批一批地又来了，你自己一口袋一口袋装钱的光景……不知我这样比喻得对不对，反正我是这样走过来的。"农民的话很朴实，但道理深刻。俞金宝用自己的实践和行动，抓住了"两山"理论的根本。

"我感觉习近平总书记讲的'绿水青山就是金山银山'，就是个生态问题，就是让不好的生态变成好的，能够变金子、换银子的好生态。"俞金宝说，"照着这么个理解，后来我就在村上先把一百亩的山竹管理好了，让它一年比一年茂盛，而且利用竹林的优势，开辟了一些让城里人能够到竹林里游玩的小项目，同时跟村里的大竹山环境融为一体，使得整个农场的空气新鲜、清纯；再把茶园建设好了，有了较好的固定收入。在这两个基础上，开设了农家乐，有了来自四面八方的客人后，我的葡萄园上来了，采摘的人就一批又一批地来了，客人们回城的时候又要带十斤八斤回去，这样我的葡萄不用到市场就已经销售完了……现在每年的产量供不应求，盈利也不薄。"

这就是俞金宝的聚金蓄银之道。

"其实就是两个字：生态。我赚的都是生态钱！"在余村，在安吉，像俞金宝这样的农民，依靠生态赚生态钱的人很多，甚至可以说，在这块美丽的土地上，讲生态，行生态，将自己的生存与生活，融在生态环境与生态心理和生态学问之中的人和事，比比皆是，蔚然成风。

探访余村的日子里，走了安吉的一些地方，让我结识了许多令人敬佩的安吉生态人。

任卫中也是其中的一个。他在安吉可谓大名鼎鼎。

也许除上海和安吉之外，很多人并不知道"安且吉兮"之地，还有一个金字招牌——"黄浦源头"。

中国第一大城市上海的黄浦江我们对它都太熟悉了，但连我这样的半个"上海人"（我母亲的娘家和我的娘舅都在上海），对它的发源地也是不清楚的。是太湖？还是其他？除此啥都不清楚了。然而我们熟悉黄浦江。初到上海的人，必到黄浦江，因为那里是上海最美和最具代表性的地方。上海因为黄浦江才具备了"海派"风情，上海因为黄浦江才有了激荡的历史声浪与文化内容。后来上海第二届市民诗歌节暨市民诗歌创作征文活动中，涌现出了一批写黄浦江源的诗。

我希望诗人在歌颂黄浦江时能够到源头走一走，定会有更真切的诗情勃发……

　　　无论你"窗口"的景再美
　　　无论你外滩如何风光、激情

碧水蓝天鸥鸟飞翔

绿衣红女粉色妖娆

无论你梦再美

再唤起你的想象与现实

那源头之水

将决定你美与丑

昌盛与持久

那安吉山风

可为你纳凉

也能掀起你

冷与暖的云月

　　上面几句不是诗人写的，是我随心写就的文字。小时候，没有去想过黄浦江源头的问题，只知道上海有黄浦江、有外滩才那么美。我们年轻时的那个年代，能把谈恋爱的对象牵到黄浦江边的外滩并借着若明若暗的街头灯光，听着江上轮船汽笛声声，倾诉心中的那份羞涩，总觉得是最美最惬意也最过瘾的事，常流连忘返，心醉人不归。那个时候，我们只去享受黄浦江给予不夜城的那种风情与浪漫，而不曾有人去想黄浦江的"母亲"是什么样，在何处。

　　现在上海人包括我这样的半个上海人都知道了：黄浦江源头在浙北安吉。是谁想起了"黄浦江的母亲"？又是谁找了"黄浦江的母亲"？说起来叫人难以相信，他竟然是一名普普通通的安吉人，就是上面提到的任卫中。

　　我称任卫中是"现代的陶渊明"，或者说是个当代生态理想主义者。那天我被安吉当地人带到一个叫剑山的村庄，然后进了一个院子。那院子里有5栋楼，仔细一看，全是土制墙和木结构房子。院子的中央是一片菜地，那蔬菜都被一个个一米见方的盒子框着……别开生面的院子。

　　这时，一个五十来岁的男子过来与我们握手。他说他就是任卫中，安吉民间生态人。他自我介绍后引我进了他居住的正房……

　　一栋内有小天井的土楼，上下3层。"你可以看，我这房子没有用一根钢筋，全部是土木结构。桌椅板凳、日常用品，也都是就地取材，农家养植物。"皮肤黝黑、上下沾着泥土的任卫中不像一个知识分子，完完全全的庄稼人，他太太看上去比他年轻许多，但也是一副农妇样，默默在一旁为我们倒水沏茶。

　　"为什么想起建这样的土楼呢？"我对任卫中这样的人格外感兴趣，因为城里人都在抢着买别墅，乡下人不惜一切代价或到城里买高楼大厦堆里的商品房，或在自己家里建铜墙铁壁的小楼房时，他任卫中格格不入地琢磨着建"猴子住的土楼"——乡亲们嘲笑他的行为。

"我这房子最早的已经建十年了。"任卫中指着院子里的另一栋楼说。

"就是说，十年前你就动心思住生态房了？"

"应该说还要早。"任说。

"难怪人家说你是安吉民间生态第一人！"我有些敬佩他了。又问，"十多年前，习近平指出'绿水青山就是金山银山'你知道不？受没受他话的影响？"

任卫中肯定地点点头："知道，而且确实我受习近平书记这话的影响比一般安吉人都要大……"

"怎么讲？"

"因为在他讲'绿水青山就是金山银山'之前，在 2003 年初第一次到我们安吉后，他特别提到了'生态立省'。习书记在提出'生态立省'时，具体到落实环节上，他专门推出了一个'千村示范、万村整治'计划，那是真干哩！你说我听到习书记的这个决策不鼓舞啊？最受鼓舞了！那些日子我激动得真的睡不着觉，心想这回多年的梦想总算在习书记的决策下有望实现了！我还可以告诉你，就在 2003 年这一年的春天毛竹茂盛时节，我们安吉举办了首届'中国竹乡黄浦江源生态旅游节'和'中国安吉黄浦江源生态文化节'。你应该注意到了这两个节中都有'黄浦江源'的字眼，这事跟我直接有关……"

"老任是发现黄浦江源的重要人物之一，而黄浦江源的确定，可以说是安吉能依靠绿水青山、最美乡村资源而实现快速发展的一个特别重要的因素。老任的这一份贡献非常大！"同行的安吉县干部这样高度评价任卫中的历史性贡献。

"其实这也是既意外又意料之中的事，我只是尽了一份心而已，换了哪个安吉人都会这样做。"任卫中说得平淡，可过程并不简单，这得回溯到他年轻时那个年代里的安吉。

任卫中的老家在剑山村十几里外的另一个山沟沟里，叫统里村，但环境都差不多，二三十年前的安吉县是浙江省的穷困落后县，没有人关注过它。县里干部说，他们到省里开会一般只会坐在会场最后一排，不敢抬头看省里干部，因为别的县市早已富得流油，他们安吉一年 GDP 不足几个亿，连汤都喝不上。

"我是个农村娃，从山村考到城里念书，按理很不容易了，但我不喜欢城市的钢筋混凝土，尤其是看到后来我们农村也到处大兴土木建楼房。开始还好，建房子伐竹伐木，这破坏了一些绿水青山，但后来更不好了，把土房子扒了，换成钢筋混凝土的楼房，墙面也都贴上了马赛克，不知有多难看，与山清水秀的环境格格不入。可谁能管得住！乡亲们拼死拼活挣点钱，甚至是一生的心血，全都用在了为儿子讨媳妇所需的房子上。大家又不懂生态，为了房间好看，墙面不是贴瓷砖就是贴墙纸，哪知道这些东西如果质量不达标，会有毒的啊！造这样的房子，是真正的劳民伤财，得不偿失。于是从学校回到家乡后，就想给乡亲们建个跟我们美丽的家乡互相陪衬交融的秀美村庄，住着舒服又健康。这是我的梦想。为了这个梦想，我曾在1992年时给当时的安吉县长写过信，欣慰的是县长当时还给我回信，鼓励我的想法。"

任卫中告诉我，他在1992年之前，有过一个很好的工作岗位——水上港航交警。

"安吉境内有条河流叫西苕溪，是安吉的母亲河。1985年起，我就在这河上当港航交警，许多人甚至不知我们这工作是干什么的，其实我当时拿的钱比同龄的公务员要翻倍，也就是说待遇很不错。可每天在河上工作，看到母亲河脏得臭气熏天、垃圾满河道的情景时，我心里太难受了。那个时候，西苕溪上游有2个造纸厂，污水都排在这条河里，日久天长，水质不仅污染严重，甚至水流都变成了泡沫，小山似的连绵在河面上滚动，看着都恶心……我整天生活工作在这样的河道上，太痛苦了！

"所以有一天我向领导提出不想干了！领导问我那你想干什么呢？我说我要去建个比陶渊明写的桃花源还美的村庄。他们就笑我，说我得了神经病，扔下好端端的铁饭碗，去做没影子的事。

也有人说我是为了到城里工作，过舒适生活。其实不是的，那是1992年的事，我确实到了一趟上海，但很快又回来了。上海人的生活对我刺激特大，不是他们住在高楼大厦的生活吸引了我，而是他们喝着漂白粉气味浓烈的自来水让我有了许多想法。我当时在上海就想：虽然我工作的河流西苕溪水质被污染了，但上游的山冈上的潺潺溪流清澈而干净，甚至确实有点甜。我看到上海滩一瓶矿泉水卖好几块钱，我就想如果我们把安吉山上的水装在桶里运到上海，再卖给上海市民们喝，肯定好得不得了啊！那才是天然矿泉水！哪用好几块一小瓶呢，一块钱1桶，我一天卖100桶就发财了！

"当时我就这样想，想得十分简单。为这，我还专门给《文汇报》写了一封信，希望上海与安吉建立一种关系，但没有回音。后来我又看到《文汇报》上刊登了一篇大学生出游考察生态的报道，我就动了心，拍了些安吉西苕溪上游的风景照片，托在上海工作的朋友寄给了带领大学生进行生态考察的上海师范大学的陶康华教授，想以此感动陶教授带他的学生到我们安吉来，可这事过去了很久也没等来回音……"

任卫中一边掐着一把黏泥，一边长叹一声，说："啥事初始阶段，都很难，尤其是被称为民间人士的我们。"

但任卫中又是幸运者。几年后，身在安吉山村继续做着生态村村长之梦的任卫中突然接到一封来自上海的信，问他："任老师，你以前信上提到的美丽安吉能不能成为我们今年考察的目标？"这是 1999 年 6 月 29 日的事。信是上海"绿色营"寄来的。

"太好啦！终于有上海人要到我们安吉来啦！"任卫中立即将信交给县上有关部门，并亲自着手给上海大学生考察队制订了一个旅游考察线路：溯西苕溪河上游，探寻黄浦江源。

当年 8 月 26 日，也就是学校暑假最后一周的时间里，由 26 名上海 10 所大学的"绿色营"队员组成的安吉考察团开始了第一次"上海—安吉"特殊寻源活动。

"最激动人心和令人永生难忘的是第二天……"当年的考察队队员赵是民女士，回忆起那次黄浦江源探觅的情景时，仍然难掩激动。"我们一队人中只有 4 个人用了整整 8 个小时才登上了龙王山的最高峰！"赵是民说，"那情景太让人心潮澎湃！我们都是第一次看到黄浦江源清澈的涓涓流水，那层层的瀑布，顺石级滚滚而下，发出悦耳的声音，飞流直下，气势磅礴，势不可当！周围，又是万千绿色世界和鸟语花香的田野风光，实在让我们太陶醉了！关键是，我们作为 2000 多万上海人的先行者，最先目睹到了黄浦江源头，等于说最先认到'母亲'了！而且见到了这么个美丽无比的'母亲'，能不激动吗？"

大学生们回到上海后，将"见了黄浦江母亲"的消息一传播，把所有上海人的心都给搅动了！"安吉，安且吉兮"这几个字很快在上海市民中传扬。

黄浦江要认宗拜祖可不是件小事。一个月后，上海派出上海师范大学陶康华等多位教授、博士组成的"黄浦江源"课题专家组，正式到安吉，并且初步确认龙王山的水流系黄浦江源。查地图可知，黄浦江与安吉之间连着一个庞大的太湖，黄浦江的直接水源首先来自太湖之水的补给。那么太湖水与安吉的西苕溪到底是什么关系，这既是个实际问题，也是个学术问题，需要确凿证据与理由。

陶康华等教授们经过认真周密严肃的考察后得出结论：太湖分别经望虞河、浏河、吴淞江和黄浦江入长江，再至东海。黄浦江承接了太湖 60% 以上的水量，太湖水 60% 以上的水又来自苕溪，其中又有 60% 的水来自安吉母亲河——西苕溪，故安吉西苕溪与黄浦江的主干关系一目了然，明明白白。

　　安吉，南倚天目，东瞰沪杭，青山逶迤，溪流婉转。浙北首峰龙王山矗立其弦，西苕溪自此发源，入太湖，汇黄浦，湖申眷连。为湖申域母亲河源，十八年前曾率众寻访安吉，悉其为保河山生态，行壮士断腕之举；再登仰天之目的千亩田湿地，一览翠山联屏，碧水相彰，往返驻足，感佩交加……十八年后的今天，安吉绿色发展理念日渐深入人心，美丽乡村营造更是遍地炊烟，最美县域建设已然初展年华。

这段话是《在这里邂逅最美县域——中国竹乡·生态安吉全国摄影大展画册》上的序言，系陶康华文。

余村和安吉人民对陶康华教授非常感激，除了他和其他几位教授、专家们先后多次对黄浦江源进行反复考察论证之外，还因为陶康华教授亲手从上海老市长汪道涵那里得到了"黄浦江源"4个字的手书。这等于让安吉之水是黄浦江的"母亲"有了一个官方证明，从此安吉与上海变成一家亲了！

故事到此并没有完。在汪老九十寿辰时，陶康华特意将汪老手书的"黄浦江源"刻在龙王山上的照片作为寿礼送到他面前，并且告诉他：安吉正是因为有了他写下的"黄浦江源"这块金字招牌，接轨上海成为安吉发展的新战略后，县财政收入连年增速在30%以上。汪道涵听后大喜，说这是他九十岁生日收到的最好的礼物。

"我们现在一提起黄浦江源，总在感谢陶康华教授和汪道涵先生，其实，首先该感谢的应该是任卫中，没有他与上海最初的联系，也许安吉山水被上海人认定为黄浦江源至今尚未有果。"陪我采访的安吉宣传部同志这样说。

"我倒没这么想。"任卫中对这事看得很淡，"通过这事，我的收获是结识了许多上海朋友，也让我认识到生态的好坏对一个地区、一个城市多么重要，也更加坚定了我立志做个生态村长的信心。"

2003 年时的任卫中之所以那么明确和坚定要当生态村长，是因为他听到时任省委书记的习近平第一次提出"建设生态省"的战略决策。

重视生态，把生态作为执政的战略理念，其实是习近平同志的一贯思想。在任福建省长时的 2001 年，他就有了"建设生态省"的构想。那时他就针对福建的特点，非常明确地指出："任何形式的开发利用都要在保护生态的前提下进行，使八闽大地更加山清水秀，使经济社会在资源的永续利用中良性发展。"在他的推动下，《福建生态省建设总体规划纲要》当年即通过国家环保总局论证，成为全国首批生态省试点省份。此后，建设生态省的接力棒在福建一任传一任，森林覆盖率连续九年全国第一。"生态福建"正成为展示给世界的最美丽的绿色名片，成为跨越发展的有力支撑。这与习近平当时所作出的前瞻性指导意见和努力推进具体工作是分不开的。

"你们都不知道，总书记当年到浙江担任省委书记后考察的第一个县就是安吉，而且就是那次到安吉后不久，他在省里正式提出了生态立省的战略决策。"现任省委宣传部副部长的唐中祥，2003 年初时是安吉县县长。"这年 4 月，时任省委书记的习近平第一次到了安吉，那一次在安吉考察的就是生态。安吉的好山好水和一些地方严重污染都给习书记留下了深刻印象，所以回到省城不久，他便在省委会议上正式提出了'生态立省'的重要战略决策，同时配套的还有'五百行动'，就是从省到地级市再到县里，每一级都要抽调不少于 500 名干部到一线抓生态建设。直到现在，这'五百行动'还在继续……"唐中祥说。

"我就是在这次'五百行动'中从港航交警岗位上跑了出来，到了现在的剑山村。"任卫中说，"因为习书记的'生态立省'工作安排，我听说后就向县组织部领导写信提出到村里去当指导员，这样我才离开了原来的工作岗位。"

"这一来，就是十几年。我的生态村长尽管没有当成，当了个生态公民，也算对得起自己了！"他指指院子内的 4 栋土房，又从玻璃柜内拿出一张证书，自我安慰道，"你看看，这是清华大学聘我去讲课的证书。十几年弹指一挥间，最初是我自己摸到清华去听老师们讲建筑课，后来是他们请我去讲课，算我没有白努力。"

"任老师你现在可厉害了啊！全国各地的大学都聘你当教师，上门拜师的你都接应不过来了！"安吉人对现在的任卫中好不羡慕。

因为别人搞的农家乐或者种白茶、伐毛竹做竹业品，怎么着还是要靠流汗出力，赚的是苦力钱，但大伙儿看到任卫中赚的是省力钱：建几栋花不了多少钱的土房子，竟然吸引了很多远道而来的大学生和大学教授，甚至还有洋学生、洋专家来他家东看看、西瞅瞅，吃住在他任卫中家，临走时扔下一大把钱……他赚的是省力钱！

瞧，他现在还弄起了一个教室，教的都是些名牌大学的学生。原来村里的人叫他任疯子，现在都改口叫他任老师。这个不同叫法，可是由于这不被人瞧得起的泥土，一下变成了黄澄澄的金子啊！

不仅乡亲们眼红，连我都感觉任卫中的生态房实在有些那个——太好赚了吧！

"说实话，这种土建筑，成本确实低，而且也不像传统的乡村农舍不防潮、不防冻。我用泥土做墙，是有讲究的，工艺全是我自己研制的，如果用价格来计算，我的这些土房，一栋假如二百来平方米，因为材料全是就地取材和乡亲们手中扔掉的那些废木废竹等废材料，所以大概总成本在三四万元，且冬暖夏凉，透光度好，墙体能够达到比一般的传统农家房甚至比钢筋混凝土建筑更具防风防雨能力。"仔细察看任卫中的土房，发现很时尚，很科学。"别小看了，有 2 栋的图纸还是欧洲专家与我一起设计的哩！"任卫中指指 5 号房说。

难怪。这房子内部与外形，都融进了方便与适合现代人居住的元素，乍一看很土，实际很实用、很时尚。

"2006 年时，就看到一则消息，仅我们江浙一带，建一幢面积 200 平方米的别墅，排放的温室气体就达 115 吨。目前我国农村每年竣工的建筑面积大约是 7.4 亿平方米，加起来是多大的温室气体啊！像我们安吉这样的最美乡村，如果让每家每户的农民建筑能够生态起来，这是多么大的好事，农民兄弟们既不用忙碌了一辈子只够给儿子娶媳妇造一栋房子，还可以让自己永远生活在生态自然的居室环境里……"任卫中说完这话时，有些自我嘲讽道，"看来我当生态公民是已经不成问题了，但要当生态村长恐怕这辈子也不一定成得了。"

"这么悲观？"

"是。虽然通过这十多年的言传身教，也有一些人来向我学习和打听如何盖土房的，但多数农民对我的看法仍然没有从根本上改观。他们说这土屋可以让城里人看，也可能赚参观旅游的钱，但让乡下人住这样的房子好像有些退化，大家不太愿意。"任卫中无奈地朝我苦笑道。

我一直想问问任卫中的那位看上去比较年轻的任太太到底对

丈夫的土房子事业有何看法，然而一直没有机会——在我跟任交谈的时间里，她一直在院子里默默地忙碌。从其认真、卖力干活的样子，我打消了问话的想法，因为任卫中能够走到今天，如果没有家人的理解和支持，绝对不会是现在这个样。

我相信，在任卫中家里，生态公民不仅仅是他一人，而且是他的全家。

在安吉，生态公民也不止任卫中一个，是很多很多的公民自觉在争做各式各样的生态公民。

他们组成的生态大军捍卫着美丽的家园。

一根竹子半爿天

　　春到余村和安吉，问你最喜和最爱之物，除了白茶，必定是满山遍野的挂着晶莹露珠儿的山竹及春天的新笋……

　　"修竹拂云当户耸，暗泉明玉绕亭飞；石笋嶙峋高接天，筼筜满岫涵风烟。"古人对 1886 平方公里的安吉之竹早有精美、极致的评价。那挺秀、峻拔、茂盛、葱翠、接天曼舞、一派生机的青竹，是这块土地的衣裳。唐代大诗人白居易用"此处乃竹乡" 5 个字对安吉景观作了精确的概括。春季夏季来此，观新竹竞接天之景，纳清爽绿意之凉，是与竹为伍的最佳时节。而安吉人自古就有"食者竹笋，庇者竹瓦，戴者竹笠，烧者竹薪，衣者竹皮，书者竹纸，履者竹鞋"之语，竹融入了安吉人的生命与生活的所有。

　　竹，更是余村和安吉的"衣裳"，千百年来一直装扮和保护着这块富饶土地的丰腴与光鲜，而且给生活在这块土地上的子民又提供了百食不厌的笋菜。正如苏东坡先生所言：对生活在南方的人来说，"可使食无肉，不可居无竹。无肉令人瘦，无竹令人俗"。竹在南国，一年四季皆生趣，尤其是春天，在竹林里看着万千尖头儿的竹笋破土而出，其成长的神速会令你惊叹不已：一日长几十厘米，甚至可以听到小笋儿往上蹿长的声音……余村的一位老乡告诉我：他曾在自己的竹山上测试过，长得最快的一根新竹，一夜长了103厘米！我开始不信，后来向安吉的毛竹专家求证，专家告诉我：安吉林业局有人发现过二十四小时内长了110厘米的毛竹。天！人和其他万物的生长速度与竹相比，真显得有些微不足道。问题还并不在成长速度上的巨大差异，人们对竹子情有独钟的核心，在于竹的精神。一是竹有"竞将头角向青云，不管阶前绿苔破"的势不可当的生长劲儿，而且从来都是"咬定青山不放松，立根原在破岩中。千磨万击还坚劲，任尔东西南北风"（清·郑燮诗）。二是竹的清廉形象。元代吴镇有诗赞竹："虚心抱节山之阿，清风白月聊婆娑。"竹在深山幽谷抱朴守拙，虚心若愚，与清风白月相互吟唱交流，构成一曲天地间最动听的守节意境。竹子与生俱来的虚心抱节的特质，对人的生活态度是一种纯洁与神圣的借鉴。

　　中国近代有位名叫吴昌硕的著名金石书画大师，安吉人，吴先生的出生地鄣吴村，与余村一样，是个竹乡。曾任西泠印社首任社长的吴昌硕，自 1844 年出生在这个小山村后，其生命和筋骨、气息与品质，皆在竹的熏陶中成长与成熟。山清水秀、修竹成林的乡土赋予了吴昌硕先生特别的灵气，他一生成就中始终秉承了竹子挺拔坚韧谦和的品性，使其艺术升华到一种他人难以抵达的高度。后人如此评价他："诗书画而外复作印人，绝艺飞行全世界，元明清以来至于民国，风流占断百名家。"事实上，吴昌硕的艺术之源来自故乡的竹的滋养和延伸。他一生视竹为宠爱之物，写诗赞竹，作画颂竹，借以表达自己钟情修篁、关心故里、志存高远的心境。"岁寒抱节有霜筠，野火烧山未作薪。莫叹离披无用处，犹堪缚帚扫黄尘。"那天我站在吴昌硕故居遗址上，举目千米之外的那座俊秀茂盛、生机勃勃的竹山，仿佛重逢大师本人……不由得这般感叹：人有竹子之气，一生高傲不俗；人有竹子谦逊之心，一生处处有亲朋；人有竹子情怀，一生自满丰足。人若是竹，通体是美。大地有竹，流光溢彩，遍地是金。

余村属"安吉大竹海"范围之内，因此竹景更加完美奇趣。第一次清明时到余村，只忙欣赏山脚山腰处间竞相蹿高的春笋奇景和采访，没能登高俯瞰小山村全貌。6 月芒种时节再访余村时，村上的"秀才"俞小平已升任村主任，宾主皆怀好心境时，他领着我等沿刚修好的观景道，一路向余村的竹山群峰登攀。你无法想象安吉的一个普通山村，因为竹，而让它美得叫你不肯移步，或者你不想少行一步：往山的近处看，你可见那些在春风中刚刚脱去笋衣的新竹，它们像一个个活泼的青春少女，穿着格外鲜亮的新衫，亭亭玉立于众兄群姐之间，昂着高傲的头颅，临风起舞，婀娜多姿。在它们的身边，仍有无数吮吸甘露、脱胎而出的胖娃娃，正探着嫩生生的小脑袋，拼命地追赶着哥哥姐姐们的成长速度。再顺着这些青春之竹向大山的高处与远处看去，你所看到的群山完全是一幅幅油墨画，那众多翠竹因不同的光线照射，呈现着淡青与深绿的不同颜色。静止时，山是画；风来时，山是海——风有多大，海的波涛就有多大。那一天，我们登高远眺，似醉似梦，顿觉涉足仙境，心旷神怡。从山上下来，俞小平带我们走了一条长达五里多远的竹林幽道，这或许是余村一段最美、最销魂的地方：路两旁是草丛与鲜花，一根根的青竹触手可及，它们向远方延伸，往高高的山上昂首整齐地排列着，似乎是欢快又毕恭毕敬地站在那里欢迎每一位光临的宾客。你信步此处，才真正感受到踏入竹海的奇妙，那迎面袭来的阵阵清风沁人肺腑。眼前的景致尽是青绿，只有小道与天连接的空间是浅白色的。这个时候，你那长期在混浊的城市与电脑前疲劳不堪的眼睛，可以获得一次彻底的清洗与疗养。在这里，花上几十分钟时间，你会由衷地感叹一声：啊，何为享受自然，此处便是！

　　而在此处，无论是富者还是贫者，你对"绿水青山就是金山银山"也会有全新的感受。

　　余村的整个地形三面环山，一面临水，只有中间一条狭长地带是平缓下斜而走，是人们居住与耕作的土地，青翠的卖山竹和大地将余村装扮得像只玉制的巨箕。但在"农业学大寨"和只讲GDP、不讲生态的岁月，山上没有了竹子。没有竹子的山就像个秃头的老妪。开采石矿和办水泥厂的那些年里，烟雾与粉尘让埋在地里的竹鞭都无法伸展其生命的根丝。

　　当年，一个名叫陈永兴的小伙子，在余村的第三水泥厂干活。从小喜欢竹子的他，无法接受竹山与他一样，整天、整年地被烟雾与粉尘压得喘不过气，后来他一跺脚，辞掉了一个月拿几十元的水泥厂工作，跑到义乌小商品市场。人家问他哪里来，他说安吉。人家说你安吉的毛竹很有名气，为啥不弄点安吉竹席等竹产品来？

　　陈永兴一拍脑袋：可不是嘛！

　　小伙子回头就往家乡奔。一打听，做竹席的竟然没几家！最后陈永兴是从余村所在镇的天荒坪一家乡镇企业那儿批发到了一批竹席。把货发到义乌后，陈永兴借他人一席摊位，等候买家。哪知这一等就是两个月，没人来买！

　　"等我快要卷铺盖走人时，有一天一位台湾人买走了我2条竹席，差点让我掉下眼泪……"陈永兴对我说。

之后，陈永兴卖了三年竹席。这过程中，他发现家乡人开始需要家电产品了，于是从义乌拉回便宜的电器，转手就卖出去了，而且赚的钱比卖竹席还要多。这让他改了卖竹席的心思……这一转也转大了：竟然跟着哥哥跑到北京开起了大排档。

"生意好的时候，开过 100 桌！那北京啤酒批发价是八毛钱一瓶，我卖顾客三块钱，一个晚上光啤酒就能赚上几百甚至几千元！"不想陈永兴也是性情之人，"关键是北京那些日子，让我学会了规模经营的经验。"他说。

首都北京，多少人向往的地方。但在北京的日子里，每年春季来临，黄澄澄的沙尘天气，三天两头地袭来……种树！中央领导一个个亲自拎着铁锹，到郊区参加植树造林。陈永兴无数次听北京人说："要是在南方多好，那里到处都是绿茵茵的树木和竹子……"

"真的是这样吗？安吉是竹乡，安吉的山上都有竹和林吗？"当人们散去之后，陈永兴独自思忖着故乡曾经的记忆。故乡似乎有林有竹，但似乎也并非北方人所说的到处都是绿茵茵的树与竹。如果故乡到处是绿茵茵的树与竹，那该多好啊！陈永兴突然归家心切：不行，我要回家去！回到老家去种竹子、去做竹业生意，让竹乡安吉名副其实！

那一天，不会作诗的陈永兴，在梦里作了一首打油诗——

我有一个梦想，

让地球生生不息，

每年八百万公顷的森林版图不再消失。

我有一个梦想，

让森林基业常青，

每月一点五亿立方米的木材不再被消耗。

我有一个梦想，

让自然平衡和谐，

每天约一百七十万平方公里的土地不再

　　沙漠化。

……

　　这一年是 1999 年。陈永兴在这一年回到故里安吉，他特意跑到余村那儿的水泥厂瞅了一眼，发现这里已经在悄然改变：原先供应水泥厂的石灰矿山已停止开采，山上也开始露出茁壮成长的新竹……而且除了余村，安吉其他地方的秃岭荒丘也开始变青泛绿。陈永兴对故乡的这份改变大为惊喜！为了新的事业，他用了半年时间，对余村、对整个安吉的竹产业进行了细致深入的调研，最后一拍腿：做竹地板生意！

有朋友嘲讽他：放着北京那么多的钱不赚，几根竹子能赚得了啥大钱！

陈永兴笑笑，说：留在北京当然也能赚钱发财，但在家乡做竹业生意促竹乡山更青地更绿，这肯定比纯粹身在外面赚钱要有意义得多。

朋友们开始并不理解陈永兴的话，但看了陈永兴后来十多年里所干的事与发达的事业，敬佩又羡慕——

2000年春天，陈永兴租用一间4000平方米的厂房，开始了竹地板生产。机器在轰鸣地飞转，三个月时间，仓库里的竹地板堆积了3000平方米！可卖给谁呢？"那会儿我又一次像到义乌小商品摊位推销竹席一样，背着竹地板跑上海、去安徽、走江苏……就靠着这最原始的推销走东闯西。可销售就是不理想，在我快要疯的时候，杭州有家竹地板销售企业看我老实巴交的使笨劲，就到我厂里来看看，最后，他们提出：你仓库里的货全要了！条件是：以后如果再想合作，我们就派技术人员帮你一起改进生产工艺，提高产品质量。我一听简直就要跳起来了！我说：只要你们看得起，我陈永兴的厂门与车间对你们全天候开放！"陈永兴对初创时期的一些事记得格外清晰，"那是。这些我都刻骨铭心地记着呢！"

专业公司和专业人员的融入，使得陈永兴原先的家庭作坊式企业思维，开始向专业经营与生产竹业的联合体企业方向转化。2000 年至 2004 年的四年间，是陈永兴练内功的岁月，他的企业月产能达到近 10 万平方米，"永裕竹业"的地板已经在业内小有名气，且其过硬的品质已赢得市场认可。"开始我的企业名称不叫'永裕'，我想用我的'永兴'二字，结果到工商注册时，人家说'永兴'已经被人注册走了，所以我只能用'永裕'。也蛮好，永远富裕的意思！"陈永兴虽高中毕业，但我发现现在的他智商与情商都胜人一筹。

"安吉竹子甲天下，安吉的竹地板也应该能够在大上海和大上海之外的地方呱呱叫！"陈永兴是在生意场上见过世面的人，所以当他的竹地板已经在业内与市场上叫得响后，他便迅速把目光投向上海与海外。

在上海，永裕竹业的竹地板，真的很快"呱呱叫"起来。这个时候，陈永兴又一次找到一家合作伙伴——在上海的一家外商。这外商曾经营过强化地板，而见了陈永兴的竹地板，赞不绝口："OK！OK！"这老外从没见过竹子做的地板，一高兴，就买走了陈永兴压在仓库的 3 万平方米存货。

"哈！哈哈……"那些日子，陈永兴不管见什么人，都要笑一阵，想不笑也不行。为啥？开心啊！幸福啊！满足啊！

但你以为他是赚了钱而高兴成这样？错！

陈永兴可是个做大事的人，他才不会为赚一两次钱、发一两次财就乐得不知东南西北。他乐的是明白了想把安吉的竹业做大、做到让全世界人都知道，就必须依靠先进的技术与设备，当然销售管理也极其重要，但产品质量上不去，缺乏国际标准与规范的话，再大的雄心壮志，也只能是自娱自乐。这个时候，有人说陈永兴已经变成竹痴了。

2004 年时的余村，所有的山丘上，基本上皆是青青竹林了，安吉也至少有 1/3 的山丘竹林成荫。陈永兴觉得大干一番"竹"业的时候已到，于是投资 5000 万元建了一个永裕竹业的新厂区，引进当时全县唯一一条德国豪迈生产线。次年，永裕竹业销售收入首次突破 1 亿元。关键是，这一年永裕竹业的产品不仅让欧洲人着实疯狂惬意享受了一回东方凉席，而且获得全球 FSC 森林体系认证证书，也就是说，他执持了一张进军国际市场的绿色通行证。

永裕竹业和安吉竹品真正被公众认知，是在 2008 年的北京奥运会和上海世博会上。当陈永兴得知北京奥运会的主题是"绿色奥运"时，兴奋得几夜没睡着觉。他备足精神，重上京城——这回是带着自己的产品和安吉竹子的招牌而去。

"竹是圆的，你们居然把它压成平板了！跟木板一模一样，而且既环保，又凉爽，太符合我们北京奥运会要求了！"北京奥运会组委会负责人拿着陈永兴的竹地板样品，左看看右看看，简直爱不释手。

"就它了！"

"OK！"

永裕竹板一举成为北京奥运会国家会议中心唯一指定的专用地板，同时其他所需的地板也都用上了陈永兴的产品。

转眼间，2010年上海又举办世博会，会上确定所用的筷子等必须是"绿色中国"产品。陈永兴再度出击，专门投入300多万元引进国外最先进设备，并研制一种具有防腐、耐高温等性能的竹筷。为了确保符合世博会要求，陈永兴带着竹地板和筷子新产品，专程赴加拿大一家国际竹品检测机构，最终永裕竹产品再次以绝对优势被选作上海世博会场馆外露天景观的专用地板与嘉宾用餐筷具。

永裕竹业和安吉竹子，就是这样被中外高端人士及世界媒体一夜之间认识了！

"在2005年时，我就听说过习近平书记到安吉说的'绿水青山就是金山银山'，他说这话时，恰逢我们永裕竹业大发展期。可以说，永裕近十多年的快速发展，就是坚定不移地记住了他的这一科学论断，我们永裕的快速、健康发展，也证明了他说的话是一个真理!"在带我参观永裕竹业展览品时,陈永兴对我这样说。不是亲眼目睹,你无法想象一根竹子,竟然会生产出几百种产品,有吃的、用的和穿的,几乎无所不能。这让我也消除了第一次见安吉县委书记沈明权时他说的"一根毛竹,吃光榨尽,可以收入1000元"所带来的疑惑。

正可谓:"我种南窗竹,戢戢已抽萌。坐获幽林赏,端居无俗情。"(宋·朱熹《新竹》)

陈永兴的永裕竹业跟着安吉的大竹海水涨船高,从小到大,目前公司占地面积已扩张到二百五十余亩,其中生产经营建筑面积近10万平方米,拥有700名员工。还有自己的技术研究院,"竹界国宝"张齐生院士是该院的挂职技术权威。世界最先进的竹业设备、顶级的技术专家、年产300万平方米的竹地板产能、每年1000万支竹子的用量,云南、福建等重要竹源产地的原料基地和产品远销国际市场,使中国安吉的竹子故事越讲越出神入化。

竹子成就了一个人的事业。

竹子也让一方天地变得五光十色、多彩多姿、富足美丽。

说起安吉竹子,安吉人特别感谢香港著名电影导演李安。安吉古时誉其"安且吉兮"。安吉竹子出名,可以说某种意义上是"李安吉兮"。

"安"字在中国古代象形字中,是指家有贤妻支撑,则幸福安宁和安定。还可理解为：家有勤劳女子，在外闯天下的男人方可安全与安心。安是中国人所追求的一种生活状态，安逸舒适是中华民族传统生活的一种境界，不求浮华，不求激烈，也不惧平淡寻常。安还是中国人对国家和世界生存状态的希望，大唐数百年繁荣富强，皇家选择的首都是长安——长治久安，乃国家之兴、民族之望。安，当然是一种智谋与高远的奋进，幼竹长成高过参天大树，是因为它安于、深根于土壤之中；石砾被冲刷成光溜溜的卵石，是因为它安于河底，反成宝贝。人又何尝不是如此，只有安于现实，静心思考与学习，方能"三年不飞，一飞冲天"。

安本身就是一种美。当你的面前有一幅窈窕淑女静坐在窗口低首绣花的图画时，你会是什么感受？此刻，美会涌进你的眼里，渗入你的心灵，溢出你的表情……

安且吉兮。李安来之，安吉大吉兮。

电影导演李安曾对着世界大媒体说：是安吉的好山好水，让《卧虎藏龙》扬名天下。安吉人则这样说：是李安让全世界人认识了安吉和安吉大竹海。我的看法不同，准确的说法应该是：安吉的竹子和安吉的人让李安更加出名。难道不是吗？如果没有安吉诗意般的大竹海，如果没有仙境般的安吉竹浪托起周润发与章子怡腾龙飞舞的竹尖上的打斗戏，那些老外电影评委能看懂中国几千年的古装戏剧情？《卧虎藏龙》能获奥斯卡奖，戏中的景远超了情，这就是李安先生为什么说是安吉的好山好水让他和他的电影扬名天下。其实，李安还少说了安吉最重要的一好：人好！

安吉确实有好山好水，但更好的是安吉人。

没有安吉好人，怎可能有李安后来的《卧虎藏龙》如此之好？包括许多安吉人在内，人们并不知道《卧虎藏龙》最初并非想与安吉的竹海结缘。李安拍《卧虎藏龙》最早选择的是杭州城内的九溪十八涧为拍摄地。

李安是大导演，让《卧虎藏龙》借安吉大竹海一举成名。但李安心里清楚：没有安吉人的"导演"，他或许到现在都不知道安吉还有那么美的竹海，那么好的山水。

李安导演的"导演"确实是一位安吉人。我在采访"中南百草原"的时候，傍晚在餐桌上见到了县委副书记、政法委书记赵德清。哪知我的采访在这个晚上被推到了一个小高潮——赵德清书记竟然就是"两山"理论产生时的现场亲历者和李安导演的"导演"。

"是这样，"赵德清回忆起十几年前的事，仿佛就在讲昨天刚发生的事儿一样，"习近平同志任浙江省委书记后到下面调研，我们安吉是他到的第一个县。这是 2003 年 4 月的事。当时我是县委办公室主任。习书记第一次到安吉，考察的是我们安吉的生态建设。他说他在福建工作时就想到安吉来看看，因为安吉的毛竹很出名。这一次习书记来安吉，作为现场的一名工作人员，我印象特别深刻的有几件事：一是他在白茶之乡溪龙讲了'一片叶子，富了一方百姓'的话；二是考察安吉后，就浙江'生态立省'提出了很多高瞻远瞩的战略性思考。"

关于"一片叶子，富了一方百姓"的论述，我在另一章中有另述。而关于考察安吉的生态建设后就"生态立省"问题，我特意查阅了中共中央党校出版社出版的习近平著作《干在实处　走在前列——推进浙江新发展的思考与实践》一书。在该书中，其中有一篇是习近平同志 2003 年 9 月 24 日在全省"千村示范、万村整治"工作座谈会上的讲话。讲话中有这样一段话：

> 实践证明，"千村示范、万村整治"作为一项"生态工程"，是推动生态省建设的有效载体，既保护了"绿水青山"，又带来了"金山银山"，使越来越多的村庄成了绿色生态富民家园，形成经济生态化、生态经济化的良性循环。

"千村示范、万村整治"是习近平任浙江省委书记后提出的一项作为实践"三个代表"重要思想、落实科学发展观的实际行动，是着眼统筹城乡建设发展、精心部署、真抓实干的龙头工程、基础工程、生态工程和民心工程。"生态立省"的思想，其实在福建省时习近平就已经提出。

据曾经在习近平身边工作过的浙江省委相关同志介绍，这年4月从安吉回来，习近平同志便着手确立"生态立省"的战略准备，八九月就正式提出"生态立省"口号。在10月30日召开的第三届中国环境与发展国际合作委员会第二次会议上，习近平在书面发言中指出："不重视生态的政府是不清醒的政府，不重视生态的领导是不称职的领导，不重视生态的企业是没有希望的企业，不重视生态的公民不能算是具备现代文明意识的公民。"与此同时，习近平在《求是》杂志上发表《生态兴则文明兴》的重要文章，专题阐述了浙江推进生态建设、打造"绿色浙江"的战略思考，吹响了振聋发聩的"生态兴则文明兴、生态衰则文明衰"的时代新旋律。

"习书记到我们安吉考察生态建设情况，实地搞调研。那时我们全县上下经过几届县委班子和政府的不断努力探索，认识和行动上基本得到了统一，实际工作的部署与推进上也是得力的，但确实也遇到了想象不到的压力。比如，为了确保安吉的生态，我们关掉了一批造纸厂等污染企业，停止了相当一批引进和合资中不符合生态要求的项目。那个时候全国县域经济主要看工业生产和GDP，由于我们安吉将发展重心放到了生态建设和文明建设上，结果 GDP 和财政收入下降得比较厉害，县里主要领导在到上面开会或汇报工作时就非常狼狈，只能坐会议室的最后一排，提拔使用也受到极大影响。早期抓生态建设的安吉领导承受了很大的压力，现在回过头来再看看当时县里的那些领导同志，真是觉得他们那种敢于担当、勇于坚持走生态立县之路的精神极其可贵，安吉有今天，与他们的历史性功劳分不开。"前后在县委办公室副主任、主任岗位上工作了十来年的赵德清以见证者的身份这样说。

安吉县委宣传部陈旭华部长则催促道："赵书记，你得把怎么将李安引到安吉的事好好讲给何主席听听。"

"是这样的，"赵德清让人把房间门关好，然后清清嗓子，才开始他的重要经历讲述，"1998 年、1999 年时，我在港口乡当党委书记，搞了安吉第一个旅游景区——中国大竹海，并连续搞了两届生态文化节。搞第三届的时候，县委戚才祥书记就对我说：德清同志啊，生态文化节第一次在你那儿搞算是创新，第二次还在你那儿搞马马虎虎说得过去，可如果第三次再在你那儿搞，没有点新名堂，这事就必须另当别论了！戚书记的话一出，我的压力就来了。我们竹海景区确实是好，但那个时候没人知道，别说在外面的影响力，就是安吉自己人都不太认。怎么办呢？我着急呀！旅游就是靠打影响力嘛，我就跑到杭州，请同学帮忙。听人家说李安导演准备在杭州拍一部武打片，还要冲刺什么奥斯卡奖。说里面的武打场面要到杭州的九溪景区的竹林里拍。一听李安要到竹林里拍戏，我就心头动了一下：那杭州竹林怎么可能跟我们安吉大竹海比嘛！这么一想，我心里就有了小九九：如果能把李安拉到安吉拍这电影就好了，可以好好宣传一下我们安吉的竹海了！我的私心一下就膨胀起来了！我悄悄问同学：有没有可能让李安到我们安吉看看，说不准他就会看上我们的竹海。同学笑笑，说：那就试试啰！并添了一句，好导演对好景致是特别在乎的。我一听赶紧说：那你无论如何想法给我把这个关系接上。就这样，过了一段时间，李安手下的工作人员便来到安吉。又有一个星期后他的副导演来了；再过十几天，李安亲自来了。那天我特别激动和紧张，跟在李安身边陪他看我们的竹海。哪知他才看了十来分钟，就朝助手一挥手，说：走吧！我在一旁看这情形，心全都凉了！这可怎么办？我心里苦啊，赶紧上前拉住李安，有些乞求他似的说：李导，您是大导演，您得说一句话，我们安吉的竹海到底哪个地方您不中意，我们可以帮助您解决，您尽管说出来。谁知李安回头重重地看着我，说：还有什么说的，就这么定了呗！过些日子我们就过来拍！"

"哈哈……"没等赵德清说话，我们在场的人都笑起来。

"看看人家大导演的风度！"众人七嘴八舌议论道。

"确实。"赵德清摆摆手，继续说，"后来李导他们在安吉共拍了二十二天。周润发、章子怡、杨紫琼等大腕都来了。李导拍得很顺利，临走时他助手跟我算账，说按规矩，他们用我们的场地，要付酬金，说给我们60万元。在当时，对一个乡来说，就差不多是我们一年的财政收入，而且我当时主政的港口乡的财政已经负债200多万元！李安的这60万元等于是救命钱呀！"

"还不赶紧多要点嘛！"有人插话。我们众人跟着起哄："对，多要点！至少要他100万、200万的！"

赵德清笑而不语，摆摆手，又摇摇头。"最初一刻，我跟你们想的一样，但后来一转眼，立即放弃了原先的想法。回头我跟李安的助手说：谢谢你们的好意，我呢，这60万元不要了！人家觉得奇怪，问为什么？是不是钱少了？我赶紧说，不是钱少，我是想能不能将这钱改成在你们电影片尾的协拍上加一句话：安吉县人民政府和拍摄地安吉大竹海……当时我说这话时心里十分忐忑，怕他们拒绝。哪知人家哈哈一笑，一口就答应了！后来的事大家都知道：《卧虎藏龙》得了奥斯卡奖，我们安吉竹海就出名了……"

"我没说错吧，赵书记才是李安导演的'导演'！"陈部长很真诚地赞扬道。

在场的人齐声向赵德清这位曾为安吉大竹海做出特殊贡献的幕后导演表达深深的敬意。事实上，安吉的绿水青山能够变成今天如此美丽，与安吉一届又一届领导的心血和智慧及敢于担当有着直接的关系，没有他们无私无畏的贡献，安吉的美丽也许仍在深闺藏着，或者被彻底毁容了。这也是让我今天格外喜欢上安吉的主要原因。

每每这个时候，当我再举目一片片郁郁葱葱、随风荡漾的安吉竹海时，心潮变得更加澎湃：啊，我的江南故乡，如今都能像安吉一样山清水秀，该有多好啊！你那千千万万奋斗一生的游子们，在老了和死去前回归故里时，将会怎样的欣然与安慰！

安吉安吉，安且吉兮！

记得到余村的第二天，采访完村上的老支书胡加仁后，他便与俞小平等其他几位村民，带我到当年他们的窑矿旧址，给我讲述他们在习近平总书记"两山"理论发表前后十几年的亲身感受。

旧窑矿址在余村的南边，需要绕过村前的那座青山，再沿一条石子路向山的深处走十来里路，到达一个小水库。那水库当年系余村作物灌溉和生活饮用水源，在开矿烧窑的岁月里，水库曾经被极度污染，余村人吃尽其苦。现在这水库基本上是备用水源，而且由于水质特别干净、清蓝，阳光下的水库宛如一面镜子，小山村的历史也因此尽收其眼。

"水库的变迁，从一个侧面也反映了我们余村从传统农业到工农并举再到绿水青山的美丽乡村建设之路。"老支书鲍新民的一句话总结得非常到位。

"这就是以前我们村里的矿窑，"老村支书胡加仁指着快被丛草与竹子遮蔽的两口破落的窑井说，"当年这里很热闹，天天炮声隆隆，烟雾弥漫，全村主要壮劳力都在这里干活，每天三班倒……"看得出，胡加仁老支书对这里充满复杂的感情。

"可不是。"他说，"窑矿一开办我就来了，先是当点炮手，再当烧窑工，最后当矿长，无论干啥，都是每天把脑袋系在裤腰带上。你想想，当点炮手，就是开山爆破。村里啥都没有，弄点火药，再在石头上凿几个洞，把火药放进去，然而用点火棒一点，就赶紧拼命地躲起来……轰隆轰隆的几响，漫山遍地的飞石，弄不好就砸在谁的头上！遇上哑炮，你点炮手就得去看呀！这危险到底有多大，完全是听天由命啊！"

老支书说着说着，眼里噙满了泪花。

我相信，当年开矿烧窑的一幕幕情景，让这位外表刚强的村干部至今回忆起来仍然有许多悲切。

"窑工其实也不好当，你得掌握湿度，早晚都要测温。有几次窑温失控，矿石塌下，整个窑穴倾塌，那半生半熟的石头就崩裂开来，烧得满山湾的石头都熔化了……"老支书说。

"有没有烫伤人呀？"我急切地问。

"还用问……"胡加仁老支书的答话像大山在低泣。

在场的人都沉默了。

俞小平说："我小时候的耳朵边尽是大人的叮咛，说听到山上的哨子声，就赶紧回家。那哨子一响，就是要炸山开炮了……"他用手做了个姿势说，"我和小朋友们经常在对面山上的竹林里玩，一听到哨子声，就拼命地往家里奔。有时候跑得慢一点，就听身边呼呼的石头飞过来，那石块大得像篮球一样，砸在跟腿一样粗的毛竹上，那竹子一下稀巴烂！我们回头一看，吓得都走不动了……"

"那个时候，你们余村的孩子真不易啊！"我想象小时候的"俞小平"们在竹林里听到矿山上的哨子声后是如何的惊恐万状，抱头逃命的一幕是何等的危险与悲怆。

那时，余村竹林生不如死，新嫩的笋节刚刚探出地面，就被飞石一击，从此结束生命。可比起它们的父母这又算得了什么，每一次炸山，就意味着一批山竹被撕劈砸断而躺下，直到腐烂……

"复杂啊，那时我们对矿山、对水泥厂，是又爱又恨：爱是它能给贫困的村民弄点钱来，恨是刚弄到手的钱不是被医院收走了，就是害怕明天不知什么横祸又要降临。"老支书胡加仁对天长叹三声后说。

"终于有一天大伙儿想通了！不能再靠开矿、开水泥厂这些污染企业赚点钱而换来山秃、水污、人病的局面。尤其是习近平书记来余村对我们说了'绿水青山就是金山银山'后，我们更加坚决、坚定地关掉矿山、关掉水泥厂这样的污染企业，重新恢复青山绿水，走发展生态经济和经济生态并行的道路。十几年来，我们一直沿着习近平总书记指引的路走到现在，越来越感到这条路走对了。你看，我们准备把这个矿山旧址改造成矿山公园，让游客到这儿看看我们余村的今昔对比……"老支书指着矿窑前的一片正在施工的空地说。

这时，一道夕阳照射过来，青山沐浴下的矿山旧址，染上了一层金灿灿的光芒。我凝视着矿山公园4个字，忽然有个灵感冒了出来："支书，习近平总书记的'两山'理论是在你们这儿发布的，十几年来，余村的巨变最有力地证明了'绿水青山就是金山银山'，所以我建议：把矿山公园还是改为矿山遗址更好些！这样，可以让一代又一代人从余村的历史变迁中真切地感悟习近平'两山'理论的英明与真谛！"

"好啊！这一改，意味就大不一样了！"老支书连声称道。

俞小平和众人也频频点头称好。

不管结果如何，但当时我确实一边凝视着昨日的矿窑旧址，一边又贪婪地吮吸着青竹深处的阵阵清新空气，心头一下想起李商隐的一首诗——

> 嫩箨香苞初出林，
> 於陵论价重如金。
> 皇都陆海应无数，
> 忍剪凌云一寸心？

古人早知青竹重如金，我等为何今方醒？但毕竟已醒，也算是好事一桩。安吉人醒得早，所以他们富美在先，幸福在先。

余村现在的土地（包括山地）中80%至90%左右的面积都是竹林。被竹林覆盖得郁郁葱葱、流光溢彩的青山，也让流经下来的每一滴山泉变得清纯明亮和甘甜。一位来过余村荷花山漂流的游客如此描述这里的水——

> 余村村前的溪河水，是从大山的云雾里淌出来的，渐渐汇集成瀑布，再在石阶下流，穿过崖壁与石桥，争先恐后地往下泻。载着落叶，绕过树根，挟着水草，自由地向前、向前……瞬时撞在坚硬的石湾处溅出一片银色水花，美得叫你尖喊、狂欢。

我还看到游客写余村的竹子——

它实在长得霸道，所有的山上它都漫无边际、铺天盖地地往上蹿，一直蹿到与天贴面，完全把一座座山头送进了云里。偶尔在半山腰看到一株松树，只是茕茕孑立地被周围高高的竹子挤在那里，实在可怜。这里的竹林，总是依山傍水而生。如果你登峰远望，仿佛在海上观景，碧波万顷，犹如海浪汹涌，扑面而来。如果近观，你会觉得一根根山竹在与你比高、比帅，无论如何你在其中只会是卑微者，因为它们有太多的优秀者站在你的前面……

余村的竹是安吉大竹海的一部分。安吉大竹海则是我国四大竹海之一，由于它地处太湖近邻，又离杭州、上海、苏州等名城仅有一到三小时的车程，旅游和生态优势十分明显，有人称其为华东的两大肺叶之一（另为太湖）。清代王显承早有诗如此描述安吉："遥怜十景试春游，东岭迢迢一径幽。"

安吉竹林的覆盖率高达75%，故安吉实际上是个天然的绿色世界。面积达二十五万亩之巨的安吉大竹海风景，虽因李安的《卧虎藏龙》出名并蹿红，但大凡到过大竹海的人，无不称其天然之美。只要你有机会到大竹海走一走，身心必定会获得一次清洗而格外舒畅与轻松。当你漫步在幽静的竹海林中，感受轻风摇曳、竹影婆娑的情景时，会恍若置身于仙境而不想离开。

其实，一般人对竹子的认识是极为肤浅的。走进余村文化礼堂的竹品展览厅，我才第一次有了竹品与竹业的概念。原来青青的竹子真的可以生金——

一只鸟巢形竹编灯罩，标价 1 万元；

一只灯笼形竹篮，标价 2800 元；

一块 2 米方宽竹毯，标价 3 万元；

一件竹丝纤维男衫，标价 600 元。它有一行令人赏心悦目的商品说明：吸汗，纳凉……

"你们能用竹子做出多少种商品？"面对琳琅满目的竹品，我问看店的女服务员。

"哎呀，我可不知道到底竹子能做多少货呀！不过，我这儿有三百多种商品全是竹子做的……"羞涩的姑娘这样回答。

后来，在县城，竹产局的一位工作人员向我介绍：像余村竹品展厅展出的仅是安吉竹品的一部分，事实上安吉现在的竹品开发已经到了"你只要想得到，我就能做得到"的地步。

"上天入地，无所不能。"余村和安吉人这样自信他们的竹品开发。我知道，当今世界竹产业日薄西山，五成企业亏损、三成企业无利。唯安吉 2632 家竹品企业，竟逆袭潮流，全线飘红，年产值达到 100 亿元，每年同比增长 20% 以上。

在县城的一家安竹百货店，我轻按下摇控器，那百叶窗帘便自动升降。令人称奇的是，这款百叶窗的帘片由于取材是竹，轻薄如布，绿色环保，防火防腐防霉防变形，不仅遮光节能，而且隔音隔热。主人告诉我：这款竹子做的百叶窗帘的关键技术是 S 形帘片。一般的帘片都是平面板，连接处总有缝隙，而 S 形帘片如同石棉瓦一样严密无缝，帘片的竹皮厚度只有 0.015 毫米。为了开发这款产品，他们的企业自行设计出专用的热压机、成型机、分片机和油漆生产线，这款窗帘前年投向市场后立即受到国内外客商的青睐。

"现在我们天天加班都供不上货！"这款窗帘的品牌叫雪强。雪强如今已成为世界最大的窗帘企业。"我们为了 S 形这项发明专利，前后用了八年时间，花去 6000 多万元费用，仅开模具就花费 800 多万元……"董事长陈玉强说。

比起陈玉强的雪强，我知道，从余村水泥厂走出的陈永兴的竹地板，其含金量更高。他的一款用于内装饰的富氧炭竹地板，是通过将竹炭粉用特殊工艺粘在无纺布上组成竹炭膜，然后粘在竹地板上，其主要功效就是"会呼吸"，当湿度超过一定标准时竹炭会吸潮、放潮，与此同时，吸音功能也是其他材料难以企及的，此产品备受客户喜爱。据称，安吉人在一根翠竹上获得的国家专利就达 1753 项，其中 911 项是发明专利。

安吉人正是利用竹子的自然属性和科技创新，以竹代木，以竹代钢，以竹代塑，来引领低碳消费和绿色时尚，抢占国内市场。值得一提的是，安吉竹产业除了新技术引领外，如今已进入了全竹利用时代，形成竹质结构材、竹质装饰材、竹日用品、竹纤维产品、竹质生物制品、竹工艺品、竹笋食品和竹机械等八大系列组成的一个完整的产业链，有着独有的价格优势和竞争能力。上游的废料成了下游的原料，以竹质结构材为例，竹身青表层做竹凉席，中间黄层做竹地板，竹地板的废料碾成竹粉，又成为室外竹材的上等原料。

"让片片绿色自然发光，让根根竹子变成金条。"安吉人用这两句话做足了竹子文章。诚如国际竹藤组织总干事古珍女士所言："世界上有竹子的地方都要利用安吉成功的竹业技术，世界上喜欢低碳消费的人都会买安吉的竹产品，竹子在安吉人手里简直就变成了金条。"

余村和安吉已经把山上的竹子变成了金条。毫无疑问。

一片叶，一个神

在采访余村的日子里，我总喜欢独自在早晨或者细雨之中，在村舍与乡间的小路上走一走，尤其喜欢顺着弯弯的小径往山的深处远足。那个时候，面对身前身后的美景，总会在脑海里跳出"风烟俱净，天山共色。从流飘荡，任意东西"，"水皆缥碧，千丈见底。游鱼细石，直视无碍"等佳词丽句。

余村虽小，余美溢满。

前面说过，余村的三面是山峦，那青山常年郁郁葱葱，泼墨如画，山和平地通常也没有分界，只是看上去较山上的颜色略显淡些，这略显淡些的颜色便是安吉著名的白茶树。几乎有田地的农户，都有一块或几块茶地，这是农民们的命根，也是余村和整个安吉的命根。白茶与竹子，是余村人和安吉人的左心右肺，所有生息在这块土地上的人们的呼吸与心跳全仗着它们……

白茶是绿茶的一种。它像位飘忽不定的仙女美人，高贵华雍，又深居于山林之中，喜欢独寻清逸。现在的白茶很贵，甲级清明茶一市斤在七八千元，甚至超万元。上海拍卖市场上安吉白茶数次拍得 1 克 1000 元的天价。

清明时分一杯茶，雨天凭窗读华章。茶是中国的第一大饮品，南方人喜欢喝绿茶，绿茶中杭州的龙井为至宝，但这些年你会发现江南一带不少有品位的人已经悄悄进入了茶品的另一种境界，开始喜欢喝白茶了。自然，安吉白茶又成白茶中的首选。

我们知道：龙井出名，是因为乾隆皇帝到了龙井村摘得那 18 棵茶树上的叶子回京，才有了今天大名鼎鼎的国茶龙井。宋代的徽宗赵佶就是个白茶迷，他不仅喜欢白茶，而且还是个茶论家，著有一书，被后人称为《大观茶论》。宋徽宗当皇帝很失败，晚年成为阶下囚，可即使被发配到遥远的黑龙江依兰县的囚室内，他仍沉醉于茶道之中，故今天我们看得见浩瀚数十卷的《大观茶论》。此书中专有白茶一论，曰：

> 白茶自为一种，与常茶不同。其条敷阐，其叶莹薄。崖林之间，偶然生出，盖非人力所可致。正焙之有者不过四五家，生者不过一二株，所造止于二三銙而已。芽英不多，尤难蒸焙，汤火一失，则已变而为常品。须制

造精微，运度得宜，则表里昭彻。如玉之在璞，他无与
伦也；浅焙亦有之，但品不及。

　　赵佶皇帝没当好，但对茶道的论述可谓精到至极。读者请记
住，此处所述的所谓白茶，并非"绿、红、青、黑、黄、白"6大
茶类中的白茶。如今高贵的白茶其实非真白茶，比如安吉白茶，
即是绿茶中的一种白茶类科，故它高贵而稀少。

　　绿茶中的白茶，听起来蛮拗口，还是来听听我国著名茶学家、
茶业教育家陈椽先生是怎么说的。陈先生在他的《茶业通史》中
说："白叶茶的特性是，在最初发芽的第一生长期中出现缺乏叶绿
素的白色或黄色幼叶。这白叶随着叶的展开渐以生脉为中心，生
长恢复成绿色。白叶生长及硬化时的残留白色部分，但在下一个
生长期（相当于夏季）以后，大体上变成正常的绿叶。翌年春茶
期再度出现白叶，第二年以后，这些白叶再度变绿叶，如此周期
反复。"我的同行、茅盾文学奖获得者王旭烽女士是文学、茶道两
栖专家，她在请教中国茶叶研究所老所长、当代茶业专家程启坤
时，老先生对其介绍：安吉白茶即是绿茶，其品种属白叶茶一类，
且就是宋徽宗《大观茶论》中所指的白茶。安吉白茶具有奇异的
生化特性与品质特征，因而安吉白茶具有特殊的保健功效和利用
价值，是不可多得的优质保健饮料。故安吉白茶才被越来越多的

行家与普通饮茶者喜爱。

中国的传统文化中，对茶的论道可谓深刻而精辟。而延伸出的茶文化及茶生活则是丰富多彩，博大精深。

论茶人士中，陆羽算是最杰出的一位，他的《茶经》可谓茶道中的"圣经"。他的诗篇《六羡歌》，是茶诗中的"诗经"。此诗如此曰："不羡黄金罍，不羡白玉杯。不羡朝入省，不羡暮入台。千羡万羡西江水，曾向竟陵城下来。"其诗之美，可窥中国唐宋时茶道茶论已相当盛极和普及。而茶又让中国的传统文化升华为一种高雅的意境，你听在杭州当"市长"的白居易因茶而如此醉生梦死："食罢一觉睡，起来两碗茶；举头看日影，已复西南斜；乐人惜日促，忧人厌年赊；无忧无乐者，长短任生涯。"（白居易《两碗茶》）

余村就是一个缩影版的安吉，安吉就是一个扩大版的余村。全安吉面积1886平方公里，其中"七山二水一分田"。7/10的山地加一分田里，除了竹林以外，茶田现今成为主角，从而使得这片太湖浙北的热土变得异常珍贵，举世瞩目。

2005年8月15日视察余村之前，2003年春，习近平也曾到过安吉巡察，而就是那一次之后他在省里提出了"生态立省"的战略。当时习近平同志听安吉干部介绍，因小小一片白茶叶，这里的光棍村的汉子娶上了媳妇，泥腿子的农民开上了轿车，穷山恶水变成了美丽乡村后，不由感慨道："一片叶子，富了一方百姓。"

安吉白茶的发展史和繁荣史，恰恰也印证了"绿水青山就是金山银山"的科学论断。

"闻道新年入山里，蛰虫惊动春风起。"喝着安吉"白茶祖"十三代守护人的桂家媳妇沏来的正宗极品安吉白茶，我想起唐人卢仝的那首《走笔谢孟谏议寄新茶》诗中的句子。

我去朝拜白茶祖树的那天，正好是清明节。

古诗云："春立云烟腾上下，清明茶韵醉乾坤。"清明和谷雨时节，是南国新茶采收的最佳时节，所采制的茶叶嫩芽，是新春的第一茬茶。此时的江南春季，气温适中，雨量充沛，因而清明茶色泽绿翠，叶质柔软。其焙出茶叶香高味醇，优雅纯正，是一年之中茶的佳品，尤其是绿茶。此时捏一小撮茶叶片放入热水中冲泡，那一片片扁平秀直的茶条，顷刻变成一朵朵一芽一叶的小花在杯中怒放，散发出一股股沁人心脾的芳香。入口后滋味鲜爽，醇厚回甘，可谓是："美酒千杯难知己，清茶一盏也醉人。"

在余村，在安吉，一路听到的关于安吉白茶的故事和传说太多太多，而且近乎神话。单从习近平总书记当年称赞安吉"一片叶子，富了一方百姓"这一句话，就足够我去领略和品味安吉白茶的前世今生了！

余村村民告诉我，那漫山遍野平展展绿油油的白茶树，并非像山竹一样自古野生成林，竟然是从他乡外迁而来。"我们安吉三十余万亩白茶树，只有一个老祖。现在全国有百万亩安吉白茶的儿孙，也只有一个如今还健在的我们安吉白茶祖……"余村人都知道这个并非秘密的当地神话。

"就在大溪，离我们余村十几里路。"俞小平对我说，"如果你想去看看，明天就去。"

"明天正好是 4 月 4 日清明节。这一天去朝拜白茶祖，恰时恰情！"我听后兴奋不已。

现在的安吉乡村公路四通八达，从余村一眨眼就到了大溪。早在那里迎候的大溪村支书陈军年轻活跃，加之又是文学爱好者，对我的到来表现出格外的热情。听说我要去造访白茶祖，就好像有人要给他老祖母送礼似的那么高兴。

"那就别坐车了，边走边看，更能享受我们大溪的风光和新鲜空气！"陈军立即领着我们往一条坡度较陡的山路上行。山路旁是一条哗哗作响、水质清澈的溪流。"这就是大溪，我们村的母亲河。"陈军指着跌宕弯曲、时疾时缓的溪道介绍说。

大溪不愧其名，溪虽不大，但潺潺流水声可把四周的大山震荡，仿佛在提醒众山神它大溪的存在。通往大溪深处的一个自然村落沿溪而居，一幢幢农舍现在多数被改为农家乐，生意自然很好。尤其是半山腰有幢小楼格外别致，内部、外廊都很时尚，其运送食物竟有自己的微型小轨道，让我们大开眼界。据说，这里常能吸引全国各地的年轻人到此游宿。

"再走一二百米就到了……"陈军在前头已经这样说了两三次，让我们直怀疑他的"一二百米"到底是指山的高度还是路的长度了。

"这个地方叫横坑坞，过去是一个生产队的名字。"陈军不管这些，只管兴致勃勃地给我们介绍他的美丽家乡，"你们看看现在这里的生态多好！这确实得感谢习近平总书记当年提出的'绿水青山就是金山银山'，要是过去，我们只能看到溪流两边光秃秃的山头……现在你们看，林木茂盛，野猪、山牛都常有出没了！"

已经感觉后背有些汗湿了！有人提议是不是歇息一下，我没有停步，我的内心一直有股像去见自己久别的老母亲一样的情感力量在支撑着我的腿……坚持！再坚持！

终于，陈军指指前面的一座两层的旧农舍，说"到了"。

"哪是白茶祖呀？"在距农舍百十来米时，我和其他几位外乡人有些迷茫地问，因为大家想象中的高大巍峨的白茶祖并没有出现在眼前。

"喏，这就是白茶祖！"陈军走在前面，走到一块像农家晒谷场的平地，他指指上端的一丛用铁丝围着的茶树说。

原来它就是白茶祖啊！近见那齐腰高、一米见方的一丛茂盛的茶树，每一个第一次到场的人都轻轻地叹了一声。这声音既有惊奇也有几丝意外。不过，我的内心突然有股感动的热流涌出——这白茶祖跟我八十又五的老母亲如此相近：平平常常、朴朴实实，但却有几分淡然中的高贵之气。如果不是茶树的侧上方一块写着"白茶祖"3个红色大隶体石碑嵌在一旁，很难有生人认得这枝千年茶王的尊容！

"白茶树一般都不高，一米左右树身。这棵茶祖算相对高大些。我们小时候就知道它，但并不知道它是今天富了一方百姓的茶王啊！"陈军说，以前这里也是"农业学大寨"，把整片的山垦成梯田，种水稻、小麦、玉米等，唯独在不多的荒山和深谷处还残剩些毛竹与茶树。"这棵与众不同的茶树就是这样留下的。因为这里有 800 米高的山峦，一直以来只有一条羊肠小道。白茶祖就是这样幸运地活到了今天……不过主要是因为它有桂家十三代人守护着。"

"走，去喝桂家的白茶王！"陈军一挥手，我们上了白茶祖旁的那栋两层楼农舍。一看就知是二十世纪七十年代的建筑。"别小看这个地方，它自古就是个驿站。再往上走，历史上一直有挖矿人，所以这里也叫桂家厂。"

"厂"在这里跟"场"差不多一个意思，一块平地而已。

"来，喝喝今年的新茶。"刚刚在桂家屋前的茶亭里坐下，一位五六十岁，穿着鲜艳、涂着红唇的大嫂客客气气地端来清香的茶水，让我们品尝。

"这可是最正宗的白茶王啊！"陈军说，前些年在上海拍卖场上的1克1000元的安吉白茶只能算这白茶王的孙孙辈。

"那你说我们现在喝的这杯茶值多少钱？"有人当场问陈军。

陈军摇头，笑道："应该是无价。"

哈哈哈……一阵欢快的笑声在山间回荡。我们喝着安吉最珍贵的清明白茶王，顿时有种"闻得朝朝茶香，但见处处诗题"之仙境。

"野泉烟火白云间，坐饮香茶爱此山。岩下维舟不忍去，青溪流水暮潺潺。"不知谁在一旁吟诵起唐代灵一诗僧的诗句，惹得我们一行皆端起茶杯望向脚下的大溪潺流。

"此乃胜境！"望清溪美景，饮新茶极品，不由让人飘飘然。关键是，这手中托着的沁人肺腑、清肠洁胃的无价好茶，不仅一生可能就此一回有幸品上，而且人家白茶祖的主人根本就分文不收——白送我们痛饮！

"这是我们祖传下的习惯。清明第一场茶叶焙好后，都是留起来招待客人的，自己是舍不得喝的。"说这话的正是桂家大婶，她叫潘春花。

春花，名字好啊！只是眼前的春花年岁已不再青春，但白茶祖的守护者——桂家大婶与众不同，她衣着时尚，尤其是那两道眉，画得黑弯弯的，特别醒目。耳垂上吊着亮晶晶的银环，很是特别。很少在山里见到如此打扮的年长农妇。

"我们的春花大婶几十年来可一直是大溪村的村花，白茶祖有她护着，万年长青哩！"村支书陈军的赞美，令潘大婶笑逐颜开。

"来，跟我们大溪村的村花照一张相！"我提议请潘春花大婶与我一起站在白茶祖树后留影，她竟然像小姑娘似的腼腆起来。

"第一次跟大作家拍照。"她说。

陈军告诉我，潘春花的男人前年去世，"现在就她一人守在白茶祖这儿……"看着头顶已有缕缕白发的潘春花大婶满是深情地用双手轻拂着白茶祖枝头的老叶，我的心头涌起一丝忧伤：什么时候她也走了，谁来陪守这千年白茶祖呢？

潘春花大婶似乎并不像我们那么忧虑伤感，她依然乐呵呵地忙里忙外给我们加水。这当口，我跨进了桂家的堂房，里面其实空荡荡的，只有墙上两幅很粗糙的宣传画格外醒目，上面介绍的是他们桂家十三代守护白茶祖的简史。在我认真读着宣传画上的文字时，潘春花大婶走到我身后，轻声轻语地说，她男人的祖上在安徽徽州，姓赵，原来是个旺族，后来因赵氏在京城当官的同族人落难，株连到了徽州的赵氏家族。皇帝圣旨下来，满门抄斩。

只有一个人恰好在外做生意才幸免于难。大难不死的他，一直朝安徽与浙江交界的浙北山区方向逃亡。哪知半路被官差截获，盘问其姓名，逃亡中的赵氏怎敢说出真姓真名，万分焦急之中抬头望见远处一棵老桂树，惊吓之下张口就蹦出一个字："桂！"

桂花树救了赵氏，赵人从此改姓为桂，且落脚于安吉大溪横杭坞的深山老林之中。

"桂家到我男人这一代已经整十三代了！我们都是靠茶叶为生，祖上还有规矩：分家不分茶。"潘春花说。她二十世纪七十年代初嫁到这里后就一直跟男人种茶树、卖茶叶。"白茶祖最早有两丛，产量有限，所以珍贵。桂家人丁兴旺时也有三五门兄弟，孩子长大后也要分家，但这两丛白茶树上采撷下的茶叶从来共享，由家族最老的长者保管，随需取之，从不为此闹矛盾。现在你们看到的这丛白茶祖，是在 2011 年的一场大寒雪中救下来的，原来它可茂盛呢！呜呜……"

潘春花大婶竟然说到这儿哭泣起来。

"那场雪太大，把白茶祖的许多枝枝压断了！后来桂家人只得把死枝残枝忍痛剪下，所以现在我们看到的白茶祖为什么才这么大……"陈军什么时候也进了桂家堂房。

原来如此。我这才理解潘大婶为何哭泣，桂家实在对白茶祖感情太深了！

"之后桂家的后代一个个搬迁到山下或镇上去了，唯独大婶留在这儿。"陈军深情地看了一眼他们大溪的老村花。

"你没有想过搬到山下去？"我问潘春花大婶。

她没有言语，只摇头。停下片刻，又摇头。眼里挂着几分忧伤。

"等我不干村支书时，就上山陪大婶和白茶祖！"陈军的话让潘春花破涕为笑。

"我也愿意。"我竟然也跟着脱口而出了这句话。潘大婶惊讶得两眼瞪得大大的，张开双臂拥抱了一下我。"我和白茶祖欢迎大作家来。"我看到她的双眸噙满泪水。

彼时彼刻的我以为，能在风景秀美的溪流旁，陪伴这棵让一方百姓富裕的神树，其实是一种超然的惬意和福气，何尝不可呢？

"云鬟枕落困春泥，玉郎为碾瑟瑟尘。闲教鹦鹉啄窗响，和娇扶起浓睡人。银瓶贮泉水一掬，松雨声来乳花熟。朱唇啜破绿云时，咽入香喉爽红玉。明眸渐开横秋水，手拨丝簧醉心起。台时却坐推金筝，不语思量梦中事。"从桂家堂房出来，再品几口白茶佳茗，想象有一天带着家人居于此处，过着与世隔绝的世外桃源生活，不免随口将崔珏的《美人尝茶行》吟出。正乃"清茶素琴诗自成，品茶听雨乐平生。滚滚红尘多少事，都付南柯无迹寻"。那种脱了尘缘杂念的心境是何等的舒畅与宁静！

"另一丛白茶祖到哪儿去了？"我记起潘春花大姐讲的故事里有两丛白茶祖。

"据说1958年建人民公社时，有人将其中的一棵搬到山下的公社大院里，并将其植入一口大缸内，可没多久那茶树就死了。"陈军说听村里的老人讲过这事，"白茶祖是仙，哪能搬来搬去的，还植在缸里，它可受不了！"

如今我们看到的这丛白茶祖就成了千古一枝的独苗苗了。它孤傲地独居于深山之中，接受着沧桑岁月的磨砺与考验，更在期待有人能将它的枝根繁衍再一个千秋……"这是它的夙愿！"陈军不像个村支书，倒像个白茶祖的虔诚的信徒。

"我们可是把白茶祖当神仙供奉着呢！每年都要在头道茶叶采摘时在这里举行祭礼仪式，期望老祖给新一年的白茶带来丰收与福祉。现今村里的百姓一半靠它致富呢！"陈军说，大溪村共有八百亩白茶，产茶叶20吨，"人均茶收入在万元左右，这是全村百姓的'压柜金'，可不能马虎！"

在安吉，无论是余村，还是大溪，还是其他地方，白茶就是这里的金山银山，就是百姓致富和保富的"压柜金"，这种意识可谓深入人心。

那天从白茶祖处回到余村，再走进农民们精心护植的白茶田，仿佛换了一种感觉：那青绿成片的一垄垄茶地，在阳光照耀下格外青翠，呈现有序的轮廓，其状如一根根巨大的琴弦……那是浙北"中国最美乡村"大地上，由习近平总书记当年"一锤定音"，谱写了"绿水青山就是金山银山"的时代旋律——

是的，走进茶田，你轻贴齐腰高的茶树，再俯身平视那齐刷刷的树尖儿，就会发现那是一种万马奔腾的生机：所有准备勃发的嫩芽们犹如站在比赛的起跑线上，等候某一瞬阳光的一声令下……

朝霞斜射，呈淡白色状的嫩芽们开始蠢蠢欲动，随后在一阵暖意的春风吹拂下，飘逸地舞起……那时，你会看到数万片闪着金光的叶子，随风飘扬，跳动着缤纷各异的舞姿，或像歌唱，或像吟诵，那情那景，太诱人，太壮丽……突然间，我感觉那金光闪闪的叶子变成了一个个活脱脱的神仙，一个个让这片土地上生金出银的活神仙！

是的，安吉白茶，就是活神仙，为之倾情、倾力的所有人也都变成众神仙了——余村人和安吉人告诉我，前推几十年，他们还并不熟悉白茶这位神仙，只知大溪的横坑坞那座深山里有棵千年老白茶祖孤身守于龙溪边上，独吟着那"思悠悠，恨悠悠，恨到归时方始休……"的生命咏叹调，盼着秃黄谢青的荒山能够早日簇绿载青披新装。

千年的守望是寂寞的，但守望一旦变成希望，大地将处处呈现勃发景象。

安吉的千年白茶祖到今日之白茶仙，是谱写在这块土地上一曲最动听、最壮美的乐章——

四十年前的那个日子，有人开始摊开了一张谱曲的"白纸"：1976年12月。这个时间是安吉林科所成立的日子，如果没有这个如今仍然破旧简陋的基层科级科研机构，安吉白茶祖或许仍然孤守在龙溪水边哭泣着。

"一片叶子，一个神仙"的故事，是从这里开始演绎的。

起步的路崎岖艰难，直到1980年，这个所才在湖州市农业局和安吉农业局牵头、参与下，向县科委申报了"浙北地区当地茶树品种选育试验"课题，从此拉开了安吉白茶的研究、繁育与推广的序幕。之前，"以粮为纲"和"农业学大寨"形势下的安吉，谁提种茶树和茶叶生产，谁就会被戴上"走资本主义道路"的高帽子。这段历史下的余村和安吉大地就把上苍与祖宗留下的绿水青山变成了梯田与荒坪，农民们流的汗不少，肚子里却越来越没油水……

必须提一下林盛有这人，他当时是湖州林业局茶叶科科长。安吉林科所成立前一年，林盛有带人先对大溪山中的那棵白茶祖进行了科研考察。第二年安吉林科所成立，省里和湖州市里就有了在浙北进行茶种选育的科研任务。林盛有就把"浙北地区当地茶树品种选育试验"课题的部分任务交给了安吉林科所里唯一的技术员刘益民。其实就是让刘益民对大溪村的那棵白茶祖进行了无性繁殖的传宗接代科学试验。

刘益民的任务是找两位农民进行插苗试验的日常管理。找到的这两个村民中有一人叫盛振乾,他和他的后代成就了今日安吉白茶从"祖"到"仙"的历史进程。

从这个时候开始,大溪边的桂家不再清寂,因为时不时有头戴草帽、手持工具的知识分子来看望白茶祖,对它进行各式各样的测试。午饭或晚饭时辰到了,桂家媳妇潘春花就给这些人做饭炒菜,如同一家人般亲近。

对无性植物的科研性人工繁殖,一般办法有3种:扦插、嫁接、插种。前两种方法第一年都试过,但结果发现插种出来的茶树返祖了,没有了白化这个物理特征,意味着绿茶树中的特殊品种白茶又变回去了,变到了原绿茶。嫁接也基本失败,且费时费力,最后林盛有和刘益民他们决定选择扦插。

1982年4月,大地一片春意盎然的日子里,课题组再度簇拥到白茶祖身边,他们先是虔诚地向它三鞠躬,然后轻轻地从它身上剪下537枝茶穗,移至林科所预备好的地里进行扦插,结果成活288棵——并不算盛振乾在他自留地里"偷"扦的那几十棵"私生子"。

1983 年，林科所将其成活的茶苗移植到良种对比试验小区，种植了 82 丛，成活了 75 丛。次年，白茶项目被安吉县科委列为"星火"计划，发展到五亩三分第三代白茶母本园，性状表现具有稳定性。至此，意味着白茶祖正式有了子孙！

林盛有和刘益民等特意到白茶祖跟前烧了三炷香，一是算报喜，二是代表那些准备遍地开花、各自成家立业的白茶后代向老祖致以感恩之意。当然，更多的是企盼白茶扶助安吉人民甚至全中国人民走上致富之路。

据说那一天，潘春花给林盛有他们做了 6 个大菜：预祝白茶在安吉和祖国大地上六六大顺。

诚然，一切名贵的东西都有其名贵的道理，道理中间最核心的就是它的珍稀性。安吉白茶之所以珍贵，道理一样，且还有个性：它必须吃安吉的水，吸安吉的空气，根植于安吉之土。不同环境对不同茶树都有要求，安吉白茶的珍稀性还在于，它需要一套完整而缜密的工序，即科学实践者靠自己长期反复试验出的独特的看家本领——这是安吉之外很难有人拿得走的东西。宝贵和珍稀性也就在于此。

第一代"白茶仙"已经差不多离开了这个世界，但他们的灵魂与精神在余村和安吉大地上随处可见，尤为令我肃然起敬的是，那些因白茶而富裕起来的安吉人始终没有忘却这几位功臣。

在安吉林科所的白茶试验基地，竖有一块黑色的碑石异常醒目，那上面有这样一段文字：安吉县林科所，白茶基地，珍稀种实验五亩三分，1987年至1990年种植。实施人：刘益民。

在安吉，人们称刘益民先生是白茶之父，这足见他在家乡人民心目中的地位。刘益民长期任安吉县林科所茶叶研究室主任，从1979年到他退休的1995年，他把自己的精力全都花在白茶培育和试验的科研工作上，白茶祖的"后代"能够扦插成功，刘益民是第一功臣，这中间既有他孜孜孜不倦的科研精神，也有他作为农业栽培者的劳动奉献。刘益民之所以受到安吉人民特别的爱戴，是因为当安吉和全国许多地方的百姓一年年分享白茶带来的丰厚利益时，刘益民一直过着极其清贫的生活。退休后的刘益民为了推广白茶技术，从没有停止过自己的工作，却从不为自己谋一分利益。由于林科所的体制等方面的问题，刘益民晚年的生活异常艰辛，老两口的月收入不到6000元，而他还得花钱租房住。七十余岁高龄的刘益民患有肺气肿和萎缩性胃炎，连说话都有明显的气喘症状。即便如此，刘益民从不因自己的生活和身体影响他专注地为茶农们解难、帮忙。当很多因白茶致富的百姓前来感谢他时，刘益民总是淡淡一笑："我一介茶业技术员，能看到自己的这一片叶子在安吉和全国大地上长得茂盛就知足了……"

白茶之父去世后，就埋在他当年培育第一代白茶苗的土地里。

那墓碑也是普普通通的，碑文便是刘益民生前培育白茶的过程，文字中没有一个修饰与夸张的词。

站在刘益民生前曾经弓着腰、跪着双膝、额上淌着汗珠的安吉土地上，我时常想象：难道这位"仙人"与林盛有等第一次跪在白茶祖前祭奠时，就立下誓言，愿如一片平平常常的白茶树叶一样，为人类的口福留一缕清香而自己则淡然地消失于天地之间？他和茶叶的品质与胸怀是何等一致！

难怪余村和安吉人都这样告诉我：他们每年在清明前后准备采摘茶叶的那天，家家户户都要以不同形式祭奠茶神，这已经是余村和安吉人的一种植根于心田的文化。"就是为了怀念和记住像刘益民先生等'茶仙'们为白茶做出的贡献。"一位老伯很朴实很真诚地对我说。

安吉林科所就在白茶之乡——溪龙。溪龙土地上的故事最多，几乎每一个与安吉白茶相关的人物，在这块土地上都会流传着他的动人故事。而溪龙之所以有名，很大程度上是因为这个地方有一片非常之"土"——非常高贵的大山坞。

中国茶界，尤其是白茶界，几乎没人不知大山坞，就像茶界和白茶界现在没人不知安吉一样。大山坞是溪龙乡下辖的一个村庄，大山坞白茶则既为安吉白茶第一大名品牌，也因为它是注册最早的安吉白茶名牌（2000年注册），如今它的品牌价值已达3

亿多元。然而这还不是最主要的，最主要的是这大山坞和大山坞村皆与一个叫盛振乾的人连在一起。

前文曾提及此人，他就是当年林盛有、刘益民从白茶祖身上剪下了小枝条之后，来帮助林科所进行扦插试验的农民——溪龙乡黄杜村大山坞自然村的盛振乾。

现在的安吉民间称盛振乾为"白茶大王"。此人的白茶奋斗史有点儿传奇：年轻时在生产队上当队长，爱喝茶，所以在"农业学大寨"那会儿经常独自上山去采野茶，然后把茶树枝扦插在自己的自留地里，这一次次试下来，竟然有了些扦插茶树的本领。乡亲们高兴，盛队长家有茶喝，味道还不错，关键是不用钱去买，盛家茶叶白送。后来要茶叶的人越来越多，当队长的盛振乾一想：与其这样，干脆队里辟出一二十亩地种茶叶，如何？乡亲们都赞成，尽管这不违反当时"以粮为纲"的政策，但是假如谁告恶状的话，有可能吃官司。但大山坞实在山深村偏，没大干部去，于是盛振乾与乡亲们一商量，大山坞的茶树就一亩一亩地种了起来，一直种了二十多亩。规模一大，茶叶自家村上喝不完，就卖给其他村上的人，村里因此也有了不薄的收入——大山坞村民应该是现代安吉人靠"一片叶子"尝到甜头的第一批农民。

盛振乾自然也是将"绿水青山"变成"金山银山"的第一个"茶仙"！

时间到了 1980 年，当湖州市农业局林盛有和安吉林科所的刘益民手中有了"浙北茶树良种选育培植"科研计划后，便决定将大溪桂家守护的那棵白茶祖进行子孙扦插，并想找安吉当地有种植茶树经验的农民来实施具体的培育劳作。

"听说溪龙乡大山坞有个盛振乾对种植野树茶很有经验，找他来干这活儿！"刘益民提出。

"再好不过。"林盛有点头同意。

有人说过，中国人的名字里面有很多重要信息是与这个人一生相关。你看看林盛有这名字，这个在湖州从事了一辈子林业工作的科技工作者，对安吉白茶业而言，他是名副其实的开拓者和缔造者。茶业归林业口，林氏者盛，盛才会有，"林盛有"，安吉白茶到了这样的科技者手中，从开头就吉祥。第二位刘益民，他一生做的事都有益于人民！

盛振乾，大山里的一个农民，他出生时竟然得了"振乾"之名！振乾，一生必要做一番振兴乾坤之大业！

"我们可从来没有想过老爹的命里还有这么高远的含义啊！"那天在溪龙乡大山坞茶业大楼，第一次见到名声显赫的盛家老四——盛勇成时，当听我这么一说，他嘴张了好大一会儿。

横坑坞里方神客，剪得数枝培新土。

率领妻儿同受苦，春忙秋实话丰年。

银锄挥动深心悦，大山坞里尽朝晖。

新茶连获六甲奖，富足一方安吉田。

　　这是一位安吉人给盛振乾写的诗，以颂扬安吉"白茶大王"的丰功。盛振乾农民一个，能够有人以诗颂之，足见其非凡。"在安吉，没有哪个能比盛老爷子花在白茶树上的心思更多！"在安吉，我就听到有人这样说。

　　1981年8月的一天，盛振乾第一次跟着林盛有和刘益民来到横坑坞见了白茶祖。据盛家老四介绍："父亲生前对我们不止一次说过，那天他见了有千年树龄的白茶祖，像是见了佛祖，又激动又虔诚，胸口像有只小兔子在跳个不停……"我们问他为啥那么激动，他说当时父亲就想剪下几根回家扦插培育。但顾虑林盛有、刘益民二位技术专家在现场，不好意思当面把这份私心说出口。但是后来他专门一个人再次去了趟横坑坞，向白茶祖的守护人桂家再三恳求，悄悄剪了一丛枝条带回了家。"临离开桂家时，父亲请求桂家人别对外人讲自己偷剪了一丛白茶祖枝条。他知道一旦消息传出去，林盛有和刘益民及林科所肯定不会再要他当试验培育员了，更重要的是父亲这种假公济私、背着组织偷着干的事，弄不好要受到处罚。"

　　盛振乾大着胆子悄悄将白茶祖的枝条带回家，并在他种植野茶树的地一角，进行了扦插。盛振乾很精明，他把从横坑坞带回的一丛白茶祖枝条分成两小丛，一丛正儿八经地交给了林科所技术员刘益民手里，一丛则留在自己的茶树地里。

　　安吉第一批人工培育的白茶苗从此以两种形态在溪龙乡拉开帷幕：一是光明正大在林科所的试验田地进行，一是偷偷摸摸在盛振乾的自留地里进行，而这两种不同形态的扦插，竟然都成功了！一个特别重要的原因是：这两批扦插苗，都是同一个人培育的，他就是盛振乾。现在人们称盛振乾是安吉"白茶大王"，仅凭此一点，也是无人有异议。

　　其实，盛振乾更大的贡献还在于他是一个经验丰富的茶树种植者，既有农民对土地的那种熟悉，更有对茶树种植的实践——在扦插白茶树苗之前，他有近二十年的野茶种植经验和对茶树的理解与心得。所以在一变十、十变百、百变千的扦插成功过程之后，就连安吉林科所尚未决定是否大面积推广之时，盛振乾以他在大山坞当村长的权威优势，在1993年率先决定种植十亩白茶树。这个举动，在安吉白茶史上可以说是革命性的，因为它意味着安吉白茶从科研成功转化到了正式种植。

　　这一年，大山坞的十亩白茶喜获丰收！盛振乾声名鹊起！他在大山坞成功推广白茶大面积播种，就像给安吉白茶举行了一次成人礼！那一年湖州市农业部门的专家们正式向省里报告"浙北地区当地茶树品种选育试验"课题圆满成功，且新品种"安吉一号"品质超群。

这时的盛振乾对推广白茶的热情与干劲前所未有地高，并且受两头鼓励：一头是渴望等着靠茶叶致富的广大农民，另一头是林农业科研部门的支持与肯定。

1995 年，盛振乾已经不是一个人或老夫妻俩干了，几个儿子也跟着干，大山坞的一半村民也学着他干了起来。这一年他自家种了五十亩，加上村里其他村民的种植，数字应该在百亩之上。一百亩白茶树，在今天的安吉来说，根本不能算是一件什么事，但在二十多年前，它就是一件惊天动地的事，因为这对过去"只出光棍，不出粮食"的黄杜村来说，可谓是翻天覆地的巨变啊！

"听老人说，我们黄杜村原来不叫这名，叫黄土村，穷得只有黄土，后来有位乡贤路过我们村，说你们黄土村要改变命运，就得在土地上种些树木。那乡贤的话让我们村上的老祖爷动了心，就召集全村男男女女、老老少少，说，乡贤的话说得对，黄土村要改变穷日子，就得有木。我看从今起，我们黄土村干脆就在这个'土'字旁面加个'木'，叫黄杜村吧！"与盛振乾一起长大的几位大山坞的老乡这么说。

"我们黄杜村的百姓，在同一片土地上由光棍村变成如今的富裕村，靠的就是这块绿茵茵的茶树园。"盛家老四说，他父亲亲手培育的安吉白茶如今欣欣向荣、名扬四海，是最生动、最具体地证明了习近平总书记的"绿水青山就是金山银山"的英明论断。

1999 年，盛家的白茶已经达到三百亩，成为浙江省农业厅安吉白茶的示范基地。盛振乾也因此成为第一户承包农场的白茶业主，这一年，他盛氏家族也有了第一个品牌——大山坞白茶，并于第二年正式注册。"大山坞"一出世，就一鸣惊人，尤其在上海，形成了喝白茶的热潮——安吉白茶一时誉满黄浦江两岸。

安吉人聪明，借上海人对安吉黄浦源头认同之际，又推出安吉白茶的特色茗茶。2001 年，首届安吉白茶节隆重举行。盛振乾和他家的大山坞白茶出尽风头，因为当时正规的安吉白茶就 3 家：盛振乾家的、县林科所的和安吉白茶公司的，其他的都是不成规模的零散户。在正规的 3 家白茶产家中，盛家的又最具规模，且属于私家茶园，灵活度高，所以首届安吉白茶文化节，"等于是给我们盛家白茶开的一个盛大推销会"。盛振乾的几个儿子谈起这件事时很得意。

一生与茶树结缘的盛振乾于 2008 年去世，他是含笑走向天堂的，因为那个时候他已经完成了种植安吉白茶规模化的夙愿。那年盛家不仅有了自家八十亩的 1 号茶园，而且还在外面建了 4 个基地（现在是 8 个，共一千二百亩）。最让盛振乾开心的是，他打当生产队长起就想看到大山坞村民家家户户富起来的光景，全部看到了，而且不仅仅是他的村庄，还有大山坞之外的横坑坞、十字坞、石坑坞、东溪坞、桐油坞、东包坞、羊草坞、唐家坞、施基坞、青山坞、赖家坞……还有小山村、玉华村、小溪村、山背村、上市村、无蚊村、南山村、南兴村、石门村、大路口村、独头山村和小溪口村……

"哈哈……那些当年与我一起'战天斗地''比学赶帮'学大寨的穷兄弟、苦哥们儿，你们现在学着我老盛种白茶。那一片小叶子，飘到你们的家院里，落在你们的田地里，栽在你们的山岭上，转眼都变成绿油油的一垄又一垄，一片又一片。收获之后，焙炒之后，你们的口袋里跟我一样，装满了金子银元，日子像春天里的山竹，节节往上升呀！

"我老盛这辈子没白活，活出了个份儿！习近平总书记2003年到安吉表扬了我们'一片叶子，富了一方百姓'，这就够了，我老盛笑着到天堂，去当个安吉白茶仙，坐在天上看着安吉白茶陪着安吉父老乡亲天天过着幸福日子……"

大山坞茶业公司的大厅口，放着盛家那些驰名中外的白茶茗茶，中间有一尊盛振乾老人生前的照片，他笑盈盈地看着，默默地注视着他的白茶的今天与未来，喃喃地诉说着他心头的那份企盼与希望……

　　他在安吉百姓心目中，真正变成了"茶仙"。

　　"安吉名片"中，其实不止白茶一个产业，比如还有人们一直挂嘴边的"安吉转椅"。

　　在我看来，不管坐安吉转椅多么舒服，名牌打得多了不起，我仍然认为安吉白茶更值得品味。因为茶，能让黄土变金；茶，能让俗人优雅；茶，自然能让世界变得生机勃发。有茶相伴的日子，一定是最温润的岁月。但，为茶叫好的还有一句更诱人的话，叫作"佳茗似佳人"。这话是苏东坡说的。其实应该倒过来说，佳人似佳茗。

　　中国人在喝茶上有博大精深之道，早在千年之前就有茶道。会品茶的人，一般来说都是有些品位的人。而好茶入口，则能齿颊留香，口舌生津，沁人心脾。那种饮后小苦回甘的皆为好茶。像安吉白茶等茗品，其叶子如月牙儿清秀，泡在杯中，亭亭玉立，犹如玉兰朵朵，叫人爱不释手，可谓"三漱不忍咽"也。

　　好茶，还得有好水，好水甚至是茶的一个关键。

　　安吉白茶能有今天，当地人告诉我，有一位"白茶仙子"是不能忘记的。

　　后来我打听到，这位让安吉人竖大拇指的"白茶仙子"叫叶海珍，现任安吉县政协主席，以前大家称她是"白茶乡长""白茶县长"。

当年习近平同志第一次到安吉视察，蹲在黄杜村的田头，一边欣赏着绿油油的白茶树，一边揉捏着一把茶叶，听了叶海珍讲述茶农们如何依靠白茶致富的故事后，不无感慨道："一片叶子，富了一方百姓。"习近平同志说的"一片叶子"，自然指的是白茶。其实安吉人民还有一个版本，说这"一片叶子"还有一层意思，是表扬当年在溪龙乡奋力推广白茶种植，使得农民走上富裕道路的这个乡的乡长，后来当上了乡党委书记、副县长的叶海珍。

"岂敢如此比喻。我只是众多为安吉白茶做过一些事的干部之一，仅此而已。"叶海珍非常谦逊。

但在安吉百姓眼里，叶海珍这"一叶"真的不简单。从某种意义上讲，没有叶海珍这"一叶"，安吉今天的白茶也许还不太可能与百姓的富裕生活和富裕程度如此息息相关，安吉白茶的知名度和影响力更不可能达到现在的水平。关于这一点，安吉上上下下似乎没有疑义。

1995 年，安吉白茶处在科研阶段，叶海珍这一年出任溪龙乡乡长。这个在安吉东北角的小乡，仅有 8000 人口，人均收入 1000来元，是个典型的穷乡僻壤。

"那时我才三十刚出头，从另一个乡调到溪龙乡。一同调任的乡党委书记、专职副书记和我这个乡长，三人不约而同一起到溪龙报到。"叶海珍在县府大楼里接受我采访时，对当年到溪龙乡任职之初的情景记忆犹新，"这是全县又穷又小又偏的一个乡。乡域境内没有一条水泥马路，小车开进乡里，往后一看，50米外就见不着人影了，尽是飞扬的尘土。"

真的没有一条改变乡亲们苦日子的路了？初来溪龙的叶海珍，用了三个月时间，走遍了全乡的所有地方，苦觅致富途径。一日，她来到黄杜村的盛振乾家小憩，主人给她泡了一杯自家产的茶。但见杯中的茶叶状如凤羽，色若玉霜，似片片翡翠起舞，若颗颗白玉卧底。叶海珍忍不住端起茶杯，细酌一口，顿感鲜爽甘醇，清香四溢。再将茶水含口细品，舌齿生津，再下咽润胃，通心通肠，好不舒畅！"这是啥茶呀，这么好味道。"叶海珍不禁问道。

"自家种的白茶。"盛振乾将新来的女乡长领到自己宅后的一块茶林，介绍说：这是他从大溪乡的白茶祖扦插成活的一些白茶树，刚才泡的茶叶就是这些茶树上生长出来的。

"除了你家种外，还有人家种吗？"叶海珍问。

盛振乾点点头："有，但不是太多。"

"为什么？"

"一是茶叶卖不掉；二是大家对白茶没感觉……"

盛振乾的话让叶海珍一边抚摸着她有生以来第一次看到的白茶树，一边沉思起来。

　　次年的一天，溪龙乡党委和政府领导带领乡、村两级干部到本县的余墩村参观学习千亩早园竹基地。在清风吹拂的一片竹林面前，叶海珍突发奇想：余墩村能种千亩早园竹，溪龙乡能否发展千亩白茶基地呢？随后，她带着这一课题，进行了三个月调研。最后，她的结论是：溪龙发展白茶产业，应该可以。

　　要种白茶，少不了一个人。这人就是黄杜村的盛振乾。

　　对，找他去！

　　干什么事都有一股风风火火劲头的叶海珍，这一天从东坞里村回乡后直奔黄杜村的盛家。

　　"盛伯伯，我想在我们乡里种一千亩白茶，你觉得可能吗？"叶海珍劈头第一句就这样对盛振乾说。

　　"啥，一千亩？你要种一千亩白茶？"盛振乾瞪大的眼珠子半天没动一下。之后，他连连摇头，"不可能！不可能！"

　　叶海珍根本没有想到盛振乾会有这么大的反应，忍俊不禁地问："为啥呀盛伯伯，你不是有意给我浇冷水吧？"

　　盛振乾这回缓过气了。他认真看了一眼瘦弱的年轻女乡长，反问："你知道我们那年从白茶祖那里剪枝后，到现在多少年了？"

　　"上次你不是说十年了吗？"

　　"是啊，十年。可你知道，到现在我们总共才种了多少亩白茶？"

"二十来亩？"

"是。十年才弄了二十来亩，可你现在要搞一千亩！得多少年，你设想过没有？"

叶海珍："我想……三年完成！"

"三年？这不是天方夜谭嘛！"盛振乾从小板凳上跳了起来，脖子上的青筋都鼓了，"你、你……你们当领导的得、得从实际出发呀！"

叶海珍苦笑，然后重重地点点头："是的，老盛伯，我们就是从实际出发，从溪龙乡的实际出发……你想想老伯，溪龙乡这么穷，又没有其他优势产业，靠啥让百姓脱贫致富？没有其他项目呀！所以我就想靠你的白茶，让所有的人与你一样富起来，最好明天就富起来呀！老伯你说我这是不是从实际出发？"

盛振乾被叶海珍的话问愣了，但回过神后，他又摇头，喃喃道："这种白茶可不像种白菜，没那么容易。"

"如果像种白菜那么容易，老伯你说我还来请教你老吗？"叶海珍把自己坐的小板凳往老人那边挪了一下，靠过去握住一双满是老茧的手，恳切地说，"你得帮我呀老伯伯！得帮我……"

盛振乾看到膝前的年轻女乡长双眸里的真诚，老人的心软了，说："那我……试着看能不能帮你！"

"谢谢，谢谢盛伯伯！"此刻的叶海珍眼眶真的发热了，然后又问，"老伯你一个人育苗能干得过来吗？"

"家里几个儿现在都学会了，他们已经也可以拉徒弟了。可……"盛振乾说着，又吞吞吐吐起来。

"老盛伯，有问题你先提出来。"叶海珍看出老人的心思。

"你要我育那么多苗，得很多成本哪！"老人终于说出了实情。

"你现在一枝卖多少钱？"

"一般六七毛。"

"成本呢？"

"近四毛。"

"好。我想法给你 10 万元定金……"叶海珍起身说道。

老人的脸上露出了一丝笑意。

从盛家走出的年轻女乡长，仰头望着天空，无声地问天问自己：10 万元钱你在哪里呀？

什么叫穷乡？溪龙乡便是。堂堂一乡之政府，竟然不知从何处拿出 10 万元资金，还能不说是穷乡？我记得，同是二十世纪九十年代中期的苏南地区的一些乡镇，已经有不少早已跨入亿元乡的行列了。而近邻的安吉溪龙乡，竟然拿不出 10 万元急用款！

"那个时候我们安吉多数乡镇的日子都很难过，尤其是我所在的溪龙乡。"叶海珍回忆道，"后来我从县矿产公司借了 10 万元打给了盛振乾老伯。为了这件事，我在乡里特别注册了一个'林溪白茶开发有限公司'，这样便于操作。我亲自任这公司的董事长。"

"育苗的事算有了着落。我又问盛振乾老伯：能不能教农民扦插和管理白茶？他连连摇头，说他斗大的字不认几个，教人绝对不成。没办法，我只得另想招了……"叶海珍无奈地长叹。

在安吉地盘上被弄得走投无路的年轻女乡长，只得把目光投向省城杭州，那里有个权威的中国茶科研究所。人家会理会我们吗？去了再说！

到杭州茶叶科技研究所还算好，一位副所长答应了她的请求，但有个条件：科研所工作已经很忙了，再派出去不容易，更何况大家都在讲效益，技术人员也得吃饭不是？

"是是，可我们……"叶海珍把想说的话咽了回去。

"既然培训嘛，你们得支付5万元咨询费！"

叶海珍倒抽了一口气，哪儿去再弄5万元呀！可怜的她，咬咬牙，把想说的话咽了回去，改口道："所长，我们乡实在穷得叮当响，能不能……少一点。我代表8000农民兄弟先谢谢您。"

副所长是知识分子，叶海珍一求，就不好意思起来："那就……2万元行不行？"

"行！"叶海珍真想哭一场，但她没有，只是一个劲地握着副所长的手，连声说"谢谢"。

其实，2万元也是她后来去借的。一条如今百亿元产值的白茶之路就是在这样一位弱女子的脚下艰难走出来的。

"说好了啊老盛伯,一千亩!你负责供应好茶苗,我负责一千亩白茶的种植推广计划!"回过头,叶海珍又跑到盛振乾家,再次与"白茶王"敲实君子协定。

"好嘞,我这儿保证不掉链子。"盛振乾慎重地点点头。

叶海珍绝不是那种心血来潮的人,她办事虽风风火火、立竿见影,但考虑问题却极其精细,步步扎实,又坚韧不拔。"可事情比我想象的要艰难得多。农民们根本不愿种白茶,没有一个人愿意!你都想不到动员他们种白茶有多难!"在我面前的叶海珍,回想往事,感叹道,"换了现在这年龄,我真的会打退堂鼓。"

"都是为了乡亲们能够过上好日子,再看看盛家,卖树苗都能发财,你们有啥可顾虑的?"带着自己的心愿和理想,叶海珍首先找到了盛振乾所在的黄杜村支部书记盛阿林,动员他带领乡亲们先领上一二百亩指标。哪知盛阿林一听就摇头,说:"盛家是种茶专业户,过去移植野山茶就有本领,他们家种啥成啥,我们可不一样,几百块买来一堆苗,到头来活不成几棵,弄不好还赔本,咋推广?"

"你是村支书,你不带头谁带头?"叶海珍急了,想用乡长的权威来唬一下这位穷村的支书。

盛阿林说:"乡长,不是我不听你的话,实在是我们没有本钱和底气种呀！"

　　无奈，叶海珍又跑到另一个村去动员。回答她的比盛阿林更斩钉截铁：不会种，也种不了！末了，人家反问她：谁能保证白茶种出来了，一定能卖得出去？卖不出去，我们就不是穷的问题了，是能不能活命的问题啊！

　　女乡长听完这样的话，眼泪直在眼眶里打转：难道是我的白茶梦真有问题？是我被盛家的一口茶弄糊涂了？叶海珍想来想去，摇头。那白茶确实好喝，真要大面积种出来，肯定能卖高价，让茶农富裕起来！回到家，叶海珍拿出那天盛振乾送给她的一包白茶叶，认认真真地泡在杯中，然后又细细品味，品着品着，她叶海珍是越来越感觉那股清香劲儿、舒服劲儿，令她心旷神怡，飘飘然也……安吉有此茶，才能称得"安且吉兮"！叶海珍甚至觉得，过去大家光在字面上理解古人对"安吉"二字的阐释，其实配这白茶叶，才是完整的"安且吉兮"！

　　"我就不信，好酒谁都认，好茶就没人认？"第二天，叶海珍带着盛振乾家采的白茶上了杭州，来到中国茶叶研究所进行物理测试，看看安吉白茶到底有没有保健价值。这一测，让叶海珍简直当场笑出了声：安吉白茶的氨基酸含量 6.25%，比普通绿茶高出 2 倍以上。评价茶叶的品质，就是看氨基酸含量。大家知道，人的生命主要靠蛋白质，而蛋白质依靠的就是氨基酸。

"这么高的氨基酸含量，加上口感、观感又都这么好，可以说，你们的安吉白茶无可挑剔。"中国茶叶研究所的专家告诉叶海珍，"剩下的就看你们自己的本事了！"

"你是说，就看我们能不能把它种好、卖好了？"叶海珍问。

"是这意思。"专家清晰地告诉她。

"我明白了！"这回叶海珍是带着满满的信心回到安吉溪龙乡的。

但溪龙乡实在太穷，当叶海珍再一次找到黄杜村支书盛阿林时，人家一脸苦笑地对女乡长说："我哪里有钱买茶苗呀！当村干部的工资，已经三年没拿到一分钱了……"

叶海珍无语相对，但千亩白茶发展计划绝不能耽搁和半途而废。怎么办？继续动员、做工作呗！那段日子里，她叶海珍几乎天天在黄杜村跑东家走西家，一户一户地游说，一个人一个人地讲述种白茶如何如何好，可是没有一人接她火一般的热情。到底是为什么，她想不通。

穷呗！乡里干部说。

推广种白茶就是为了改变穷日子呀！她还是不明白。

是啊，你的好意大家都明白，但溪龙人实在是太穷了，穷得对啥都怕。

听罢这样的话后，叶海珍欲哭无泪。夕阳西斜，血红的晚霞照在安吉母亲河——西苕溪上，如诗如画。坐在溪边的叶海珍久久地凝望着自己生活和工作的这块热土上的美景，竟然陶醉了……也许是西苕的美景让叶海珍产生了激情，还是心中的白茶梦让她萌发了灵感——搞股份制如何呢？

对，既然一家、一户有困难，那么就来个强弱合作、联手经营！这样不就可以解决盛阿林他们的难题了吗？

叶海珍心中有了这个想法，脑子里立即又闪出一个人物：方忠华。

"乡长找我？"方忠华是后河村的党支部书记。此人在任村支书之前，长期在外做生意。但叶海珍了解到，方不仅生意做得好，而且还是在村上很有人脉基础的共产党员。

"我已经三顾茅庐，找你想让你出任村里的党支部书记……"叶海珍打开话匣，如此这般地跟方忠华说。那一天她说得最多的还是"三年推广千亩白茶"的雄心壮志。

"叶乡长，听你一席话，我真的被感动了。"方忠华说，"你身为一个女同志，还不是我们溪龙人，但你为了我们溪龙8000多父老乡亲能够过上好日子，这么呕心沥血推广白茶，我还有啥说的！明天我就去黄杜村找盛书记！"

"太好了！"叶海珍好不兴奋。

之后，方忠华和黄杜村的盛阿林很快结成了合作种白茶的股份制：一个出钱，一个出地，率先种下了五十亩白茶苗。

这个开端让叶海珍对推广白茶信心倍增。接着，溪龙乡党委和县政府给了茶农们政策上的支持：凡愿意种白茶的农民，每亩可以获得补贴100元至300元。

从此，农民对种白茶的心气儿渐渐高起来，一直到"三年种白茶千亩"的计划，在溪龙乡提前实现。

1999年，叶海珍出任溪龙乡党委书记。前几年的风雨兼程，让这位女干部有了当安吉"白茶仙子"的梦想了：溪龙乡要建万亩白茶基地，成为安吉的白茶之乡。

两年时间，在叶海珍的全力推动下，万亩白茶基地在溪龙乡成功建起。"那几年里，叶书记几乎都在做白茶的事，不是田头跟我们一起商量种植茶树，就是在杭州、上海等城市跑市场，宣传推广白茶。她的嘴里，三句不离白茶，所以乡政府广场上的那尊白茶仙女的雕塑高高耸立在百姓面前时，大家异口同声说那是叶书记……她在百姓心目中是真正的'白茶仙子'。"

采访叶海珍之前，我已经到过溪龙乡。当我把溪龙乡茶农、茶商们的话说给她本人听时，时下任县政协主席的叶海珍淡淡一笑，说："仙子不敢当，但疯子是真正的一个。"

"溪龙白茶达到万亩以上后，全县的白茶种植也跟着上来了。这个时候，市场怎么走法，百姓种了白茶能不能卖得出去，能不能赚到钱，能不能靠白茶富起来，这些事就全都堆在我面前。怎么办？我就想：我们溪龙乡既然是白茶的发源地、主产地，就应该形成一个自己的特色市场。于是就有了建一个白茶广场和白茶一条街的想法。我把这个想法跟县里领导一说，他们都支持我们溪龙乡建成白茶之乡。干吧！我是那种说干就干、干起来再说的人。唉，后来我才体会到啥叫闯……闯的路真是难啊，难到很多时候你根本就不想干下去了！"像叶海珍这样的干部竟然也有退缩的时候，我暗暗吃惊。

"不是一次两次想不干了！"叶海珍毫无保留地说，"在改建白茶一条街时，必须对中间地段的一个烈士陵园搬迁。哪知方案一出，乡里没有一个人支持，带头跑到我办公室责问与反对我的，都是乡里的头面人物。从这些人嘴里，啥难听的话都有，我小女子一个，没被这些人的口水淹死算是万幸。"

我知道，为了这个烈士陵园的搬迁，叶海珍十天十夜没离开现场、没回过一次家。烈士遗骸移陵的那天，叶海珍以少有的"铺张"，组织了声势浩大的场面，请了县上的主要领导出席，又率乡上四套班子全体成员出场，以当地最隆重的出殡仪式，庄严、肃穆地将19位无名烈士的遗骸，从溪龙乡移送至县烈士陵园安葬。

"从今年起，溪龙乡的干部每年都要到烈士陵园来祭祀，这算一条新立的乡规，必须执行！"叶海珍代表乡党委，庄重地向全乡人民承诺（我知道，从那年起，白茶之乡的溪龙乡干部，年年都到县烈士陵园祭奠）。

为了白茶事业，叶海珍可谓鞠躬尽瘁，事无巨细地亲力亲为。到北京出差，到茶叶市场的马连道走一趟，叶海珍被市场上混乱的安吉白片充当安吉白茶卖的情况气得双手直抖。于是后来也就有了独一无二的安吉白茶母子商标的创新举动；于是也就有了安吉白茶原产地的国家认证书；于是也就有了安吉白茶自己确定的国家标准；等等。

在叶海珍的力推下，溪龙乡种植白茶树的热情和滚滚而来的生意，感染了周边的乡镇，他们纷纷效仿溪龙乡农民种白茶，形成了前所未有的安吉白茶热。

2001 年，安吉适时举办首届白茶文化节，溪龙主场人山人海，喜气洋洋。毫无疑问，叶海珍与安吉白茶成为整个文化节的主角。不久从上海的拍卖现场传来消息：50 克安吉白茶叶拍得 2.5 万元的天价！

听到这消息，叶海珍和安吉茶农们激动得直想哭。这意味着什么，意味着安吉的每一块绿油油的白茶园，都将变成金山银山了！祖祖辈辈过苦日子的安吉人怎能不悲喜交加、百般感慨？

2004 年，有记者问黄杜村党支部书记种植白茶后的村子变化时，他说了一个数字：黄杜村在没有种白茶的十年前，人均收入大约在 1000 元；2004 年他们村上的收入是 3000 万元，人均 2 万多元，十年 20 倍的增长。

就是这一年，习近平来到黄杜村，他看到农民们通过种植白茶后家家户户盖起了楼房，买了小汽车，口袋里还有鼓鼓的钞票，有感而发道："一片叶子，富了一方百姓。"

一片叶子，又富了何止一方百姓！

这个时候，叶海珍已经升任安吉县副县长。从女乡长到女副县长，时距八年。八年里，这一片美丽而外表柔弱的"叶"，在安吉大地上遍地生根发芽，由最初的一千亩，到三万亩，到现在的三十万亩。这片"叶"后来还飞出了安吉，飞到了全国各地，播下了创造上百亿产值的一片片广阔无垠的绿地与青山……

叶海珍可以说是"绿水青山就是金山银山"的卓越实践者和证明者。

安吉的每片白茶叶、每一个"白茶仙子"都是"绿水青山就是金山银山"这一重要理论的实践者与证明者。

第三个"天堂"

几乎所有的中国人都知道"上有天堂，下有苏杭"。

其实，天堂到底是什么样，我们活着的人谁也不清楚，它是一种最美好、最理想的生活的寄托。人害怕死亡，称死亡是下地狱。地狱也是人所想象出的一种死亡后的生活状态——其实死亡后，人已经不存在，更不可能有任何生活状态。人，活着的时候，我们与大自然在一起，甚至在结束生命之前的最后一刻，我们仍然无比地留恋着大自然。于是，所有活着的人，总是自觉不自觉地把那些没有享受够的美好生活或者由于种种原因根本没有享受过的生活，设想成一种理想化的美丽生活，寄托给了另一个地方，并期待在那里能够幸福、舒心、完美。

蓝蓝的天空／清清的湖水／哎耶／绿绿的草原／这是

我的家 / 哎耶 / 奔驰的骏马 / 洁白的羊群 / 哎耶 / 还有你
姑娘 / 这是我的家……

这是内蒙古歌手腾格尔和那千千万万生活在大草原上的人心中的天堂，它有洁净而美丽的天空、湖水、草原和健康又肥壮的骏马、羊群，以及美丽多情的姑娘。这样的天堂，令人神往。

不过，以汉文化为主体的中华传统文化中，人们更愿意把天、地、人浑然一体的田园式生活视作天堂。这样的天堂，早在一千六百年前就由一位名叫陶渊明的诗人给了我们一种非常形象的精彩描述：

忽逢桃花林，夹岸数百步，中无杂树，芳草鲜美，落英缤纷……林尽水源，便得一山，山有小口，仿佛若有光。便舍船，从口入。初极狭，才通人。复行数十步，豁然开朗。土地平旷，屋舍俨然，有良田美池桑竹之属。阡陌交通，鸡犬相闻。其中往来种作，男女衣着，悉如外人。黄发垂髫并怡然自乐……

我们这些后人把陶渊明先生的这种"世外桃源"的生活，作为一种理想与追求，于是也就一代又一代地传诵着他的经典诗篇——

种豆南山下，草盛豆苗稀。

晨兴理荒秽，带月荷锄归。

道狭草木长，夕露沾我衣。

衣沾不足惜，但使愿无违。

从城市化进程不断推进以来，人们的生活与理想的生活发生了越来越大的差异。在马路与楼房及诸多公共设施的挤压下的人们，不再那么容易看到大自然的山水与花木，于是想方设法建园庭、挖湖塘，并倾尽其力，这其中，文人墨客把自己的诗境和有钱人的奢侈，有机地融在一起，合力垒筑起了一个又一个人造仙境。苏州的园林和杭州的湖亭，是城市仙境中最精美的经典之作，于是"天堂"的桂冠，让这两座城市光耀百世。

千百年来，杭州和苏州依然让我们真切地感受到天堂的魅力，以至今天我们常常在黄金假期里看到苏堤上和拙政园内人山人海的奇观……那种人满为患的景象甚至难以控制，也让人感到可怕。

于是我们开始了寻找新的、自由的、舒适又美丽的天堂来替代苏杭……

这种新的追求与生活方式，在欧美、日本等其实早已开始，并成为十九世纪工业革命后的一种生活趋势与时尚。尤其是现代经济——旅游业成为重要的经济形态之后，城市人的"上山下乡"

变成世界潮流。国际旅游也成功地从 4S（阳光、沙滩、赌钱和性）转向 4N（田野、河流、绿色、草舍），这标志着人们对旅游的关切，已从传统的感官刺激转向喜欢绿色生态的精神享受。学者们认为，乡村旅游起源于法国，也有的说起源于十九世纪中后叶的英国，理由是：工业革命后的工人们劳动积极性与强度空前加大，为了照顾工人和城市人的休闲与调剂生活需要，于是安排大批城市的工人和职员到乡村度假。但意大利人拿出证据证明他们是乡村旅游的起源国，因为他们在 1869 年便有了一个农业与旅游全国协会。可见，寻求美丽的乡村去度假和休闲，是富有的城里人的生活方式，已成世界潮流，并一直在影响着他们的精神世界。

　　不知中国的学者，有没有对"乡村旅游起源国"之说进行过反证。其实，我们中国才是真正的起源国，否则在千年之前为什么就有了李白、杜甫、陶渊明等一大批大自然的行吟者与田园隐士，以及他们留下的千古不朽的伟大诗篇？

　　然而，今天的人们，无论对乡村旅游或对天堂的追求与理解，都同以往很不一样了。人们"上山下乡"的意思和目的也大不一样，不再是简单地去看一眼、住一宿、吃一顿，而是希望逃离城市，安居于与大自然融为一体的美丽乡村，欲求将自己有热度的肉体与浮躁的灵魂，置放在一个清新、干净、纯洁、幽静，同时又生机勃勃、五彩缤纷的绿色生态的自然世界里。

这样的新生活方式，不再是传统的乡村旅游，也不再是对杭州、苏州这样的天堂的渴望了。

杭州、苏州式的天堂，遇到了前所未有的挑战——有 13 亿人口之巨、几乎一夜之间就富裕起来的中国人，正在寻找一个全新的、符合今天和未来生活方式的天堂……

它出现了。

它已经在我们面前。

它在习近平"绿水青山就是金山银山"理论感召下，正以超越的步伐，以"苏杭天堂有的我也有、苏杭天堂没有的我还有"的一个新天堂，呈现在我们面前——

那便是余村和一个个与余村同辉的安吉大地。

一次又一次走进余村、走进安吉之后，我总有一种不能释怀的情绪。是什么？自己也说不清。只是困惑，在这个世界上，为什么千百年来人们对苏州、杭州那么眷恋，那么朗朗上口地一说就将其夸为天堂。苏州、杭州确有不可抗拒的美丽，但真的去了几次，住上几天，再往哪个名胜游一下，会突然有种不想再来的强烈感觉。这又是为什么？一个原因并不复杂，人太多，玩味全无。更不用说，天堂里还能有一点自由自在的空间。城市疲劳症和名胜审美疲劳，其实已经降临到我们身上。曾经有人预测，未来一百年，人们追求的生活方式将是"田园里的都市生活"……

这种生活何处有？余村，安吉也！

几个月来，一直压在我心头不能释怀的一样东西，突然如黎明时的一束光亮，在我眼前放开——余村、安吉不就是我们今天和未来所追求的那种"田园里的都市生活"的最佳选择地吗？

是！就是它！

余村、安吉，从地理条件看，它距杭州仅一小时几分钟的车程，离上海不到两个小时车程，到苏州也就两个小时挂零头。以上三个城市加起来，人口近5000万。如果再加上稍稍远一点的南京、合肥和南昌，便又多了2000万。安吉的面积共为1886平方公里，足可以年接待2000万人次的旅游者，如果有1/5的人次能在安吉住上三日、1/10在余村、安吉"遇见便留下"的话，安吉可实现旅游收入1000亿元左右（现在是230亿元）。

这难道不是金山银山？这难道不就是习近平总书记在十二年前的一个伟大预见？在看明白和想清楚上面这些可预见的事实与道理后，我再度回到余村。站在村口那块巨石面前，去凝望那块巨石上镌刻的"绿水青山就是金山银山"10个红色大字时，难以抑制澎湃的心潮。

今日之余村、安吉，有大都市常见的大马路与高楼——当然它用不着那种摩天大厦，但它有山巅上的漂亮楼宇，高入云霄；它有四通八达的互联网，我知道我曾经夜宿过的山川乡的老树林高山度假村的老板及他的客人，很多是上海滩来的金融大鳄，他们住在半山腰的人间仙境，却能通过互联网与外面的世界时刻保持联系，从不耽误赚一分钱；比老树林更高的井空里峡谷，延绵十余公里，山高水长，原始植被的茂盛程度只有去者方可形容。此处最出奇的是那气势磅礴的山间瀑布，落差达千米之宏伟。它有你想象不到的比上海、杭州市内更宏大和出色的儿童乐园，比如"熊出没乐园""天使乐园""滑雪场乐园""风火轮乐园""水上乐园"……投资 30 多亿的"凯蒂猫儿童乐园"在这里也已经落户两三年了！"中南百草原"的动物世界，反正我在北京、上海都没见过和它同等规模的动物园，光大老虎就有 75 只。那一次主人带我夜访虎穴，几只东北虎一声呼啸，叫人心惊肉跳，浑身骨酥，但无比惬意。

在余村、在安吉，所见所闻，一切都是新鲜的。在现代社会，我们可以去任何一个地方、任何一个名胜，但有一个地方让你特别想留下来的并不太多，许多地方只需去一次看看便罢了。而余村、安吉，你已经让我、让许多人遇见便想留下！

是的，把心、把情，甚至把身留在余村、留在安吉，几乎是每个去过那里的人共同的一份情愫。而我似乎只想对天、对地、对世人大声说一声：

"上有天堂，下有苏杭。安且吉兮，第三天堂！"

发表于《人民文学》2017 年第 9 期